D1860698

ऑपरेशन क्लाउडबर्स्ट

ऑपरेशन क्लाउडबर्स्ट

लेखन एवं निर्देशन

श्रीमती नादिरा ज़हीर बब्बर

वाणी प्रकाशन

वाणी प्रकाशन का 'लोगो'
विख्यात चित्रकार मक़बूल फ़िदा हुसेन की
कूची से

ISBN : 978-81-8143-824-9

वाणी प्रकाशन
21-ए, दरियागंज, नयी दिल्ली-110002
द्वारा प्रकाशित

फोन : 0091#11#23273167, 23275710
फैक्स : 0091#11#23275710
ई-मेलः vaniprakashan@gmail.com
vani_prakashan@yahoo.com
वेबसाइट : www.vaniprakashan.com
प्रथम संस्करण : 2008

नागरी प्रिंटर्स, शाहदरा, दिल्ली-110032
द्वारा मुद्रित

मूल्य : 95.00

OCB . (Play)
by : Nadira Zaheer Babbar

समर्पण

अपनी 'एकजुट' संस्था के नाम
जिनके अटूट विश्वास और
लगातार साथ ने मुझे
एकरंगकर्मी बनाया

आभार

अपने शौहर राज बब्बर साहब की शुक्रगुज़ार हूँ जिनके मौजूदगी के बिना शायद मैं कुछ भी नहीं कर पाती। मैं अपने दोनों बच्चों बेटी जूही और बेटा आर्य बब्बर की शुक्रगुज़ार हूँ कि उन्होंने बचपन से ही मेरे हर काम में साथ दिया। मैं अपनी सम्पूर्ण नाट्य संस्था 'एकजुट' के प्रति आभार प्रकट करना चाहती हूँ, विशेषतः दर्पण और हनीफ़ को।

मैं श्रीदेव और भरत की भी दिल से शुक्रगुज़ार हूँ जिनकी मदद के बिना ये काम संभव नहीं था। घर में कार्य करने वाले सहयोगियों वर्षा, मनीषा, पाटिलजी, झा इत्यादि जो घर पर मेरे लिए ऐसा वातावरण बनाते हैं कि मैं चिन्तामुक्त होकर काम कर सकूँ, इन सभी के प्रति आभार प्रकट करती हूँ।

इसके अलावा नेक मित्र और सुधी जन जिनके सहायता और सुझाव मुझे सदैव मिलते रहते हैं, अपने सभी दर्शकों के प्रति भी आभार प्रकट करती हूँ जिन्होंने इस नाटक को इतना बढ़ावा दिया।

अन्त में वाणी प्रकाशन के अरुण माहेश्वरी जी को भी धन्यवाद, जो उन्होंने दो साल मेरे पीछे पड़के मुझसे ये काम करवा ही लिया।

आप सबका धन्यवाद।

—नादिरा ज़हीर बब्बर

मेजर जनरल तेजिन्दर सिंह, वी एस एम
जनरल अफसर कमांडिंग
Major General Tejinder Singh, VSM
General Officer Commanding
Tel Off : 22152221
: 22157100

मुख्यालय
महाराष्ट्र, गुजरात एवं गोवा एरिया
कोलाबा
मुंबई 400 005

Headquarters
Maharashtra, Gujarat and Goa Area
Colaba,
Mumbai 400 005

24654/TS/DO

26 Sep 2005

Dear Nadira Jee,

1. Theatre is a powerful tool of communication and the play 'Operation Cloudbursts' by EKJUTE Theatre Group ingeniously weaving the dynamics of militancy with humour, wit and seriousness so convincingly proves it.

2. Militancy covers such a wide canvas that it is never possible to explain it, let alone project it in a short span of ninety minutes and that is where, you, Nadira Jee, as a Director, have been brilliant. The play is unique because it reflects the sensitivity of the simple people of Assam who are caught in the crossfire between sub-nationalism, militant propaganda, militancy and Security Forces operations. The play also reflects imaginatively the sensitivity, travails and inner conflicts that the personnel of our Army have to face while fighting our own misguided countrymen in such situations which are not of their making. 'Operation Cloudbursts' brings to the fore the hallowed tradition of our Army of Honour and Sacrifice before Self. The play while strong on patriotism has studiously stayed away from jingoism.

3. We applaud your efforts on a well written script and a well directed play which only a sensitive writer and a director with depth and vision as yourself could have written and directed. The only word which springs to my mind about the play is ------ it is Awesome.

With warm regards

Tejinder

Mrs Nadira Zaheer Babbar
EKJUTE Theatre Group
"Nepathya",
20 Gulmohar Road,
JVPD, Scheme, Mumbai – 49

पात्र-परिचय

मंच पर

मेजर गायकवाड	:	दर्पण मिश्र
कैप्टन कंग	:	आर्य बब्बर
कैप्टन कृष्णन	:	संतोष तिवारी
ले. हसनेन	:	सुमीत व्यास
सूबेदार शरत	:	इमरान रशीद
हवलदार राठी	:	वीरेन्द्र गिरी
मोरोमी	:	ओड़ी देवान
मातू	:	कांची सिंह

मंच के पीछे

स्टेज मैनेजर	:	संतोष तिवारी, श्रीदेव विश्वकर्मा
सेट डिजाइन	:	छेल-परेश
सेट इंचार्ज	:	दर्पण मिश्र, मनु, रजनीश
म्यूजिक	:	आमोद भट्ठ, अंशुमन देवान
म्यूजिक ऑपरेशन	:	श्रीदेव विश्वकर्मा
लाईट्स	:	रवि मिश्रा/अकबर खान
कॉस्ट्यूम	:	सुमीत व्यास/वीरेन्द्र गिरी
प्रॉपर्टीज	:	इमरान रशीद/आर्य बब्बर
डिस्पले, प्रोमोशन एवं पी.आर. टीम	:	जूही बब्बर, श्रुति, गुरप्रीत, दिव्या नताशा, उमा, समीरा, कश्मीरा
आर्ट वर्क (पोस्टर)	:	0954-विनय एवं दीपा वेंकटेश
ब्रोसर एंड एड	:	प्रिया एवं हनीफ
प्रोडक्शन मैनेजमेंट	:	दर्पण मिश्रा एवं हनीफ पटनी

मंच सज्जा

6	सेट आमी किट (बैग, रेनकोट)	6	टॉर्च
1	वायरलेस सेट	1	दूरबीन
1	नक्शा	1	फर्स्ट एड बॉक्स
12	डमी मशीन गन	2	चाकलेट

'ऑपरेशन क्लाउडबर्स्ट' नाटक के मंच का छायाचित्र

Operation Cloudsburst.
...स्थिति नियन्त्रण में है।

ये नाटक आतंकवाद और उससे उपजे सवालों के बारे में है। मंच पर प्रकाश आने पर हम देखते हैं कि मंच पर एक उजड़ा हुआ कैंप-सा है शायद आसाम के आतंकवादियों का कभी अड्डा रहा होगा। कैम्प की दीवारें टूटी-टूटी और बुरी हालत में है। कैम्प में एक बड़ा-सा कमरा है और कमरे के एक कोने में ऊपर जाने के लिए सीढ़ियाँ हैं जो टूट-फूट चुकी हैं। दाहिनी तरफ एक बरामदा है जिसमें बाहर की तरफ जाने के लिए दरवाज़ा है। और पीछे दीवार की तरफ एक खिड़की खुली हुई है। जिससे बाहर की तरफ झाँका जा सकता है। चारों तरफ बहुत घना जंगल और Vegetation है।

नाटक शुरू होने से पहले पूर्व रंग के जैसा एक छोटा-सा दृश्य है। मंच पर अँधेरा है बीच-बीच में हल्की-सी बिजली चमकती है तो ऐसा आभास होता हे कि भारतीय सेना की दो-तीन टुकड़ियाँ ग्रुप बनाकर खड़े हैं। वो फुसफसा के आपस में बात करते हैं। बीच में अल्फ़ा आतंकवादियों के भी संवाद सुनाई देते हैं।

(भारतीय सेना की पहली टुकड़ी।)

जवान-1 : जय हिन्द साबजी।

अफसर : जय हिन्द।

जवान-1 : अल्फा आतंकवादियों के Ammunition Depo पे Attack करने का Order दीजिए साबजी।

(अल्फा आतंकवादियों की आवाज़)

औरत : अल्फा ज़िन्दाबाद, स्वाधीन आसाम ज़िन्दाबाद। सर! जैसे कि हमें Information मिली थी कि Indian Army के कुत्ते हमारा Ammunition Depo ब्लास्ट करने आ रहे हैं। वे लोग नज़दीक आ गए हैं Fire शुरू कर दें?

मर्द : नहीं अभी नहीं...और नज़दीक आने दो। फिर उन्हें चारों तरफ़ से घेर के चुन-चुन के मारेंगे, आज साला एक भी ज़िन्दा वापस जाने ना पाये।

दोनों : अल्फ़ा ज़िन्दाबाद स्वाधीन आसाम ज़िन्दाबाद।

(भारतीय सेना की दूसरी टुकड़ी)

जवान-1 : जय हिन्द साबजी।

अफसर : जय हिन्द।

जवान : दुश्मन तो तादाद में बहुत ज़्यादा है साबजी।

अफसर : तो क्या हुआ मरने से डरते हो...? Move

(भारतीय सेना की तीसरी टुकड़ी)

जवान : जय हिन्द सर।

अफसर : जयहिन्द।

जवान : डायनामाइट तो हमने लगा दिया है लेकिन उन्होंने हमें चारों तरफ़ से घेर लिया है।

अफसर : So what move...

(भारतीय सेना की चौथी टुकड़ी)

अफसर : और याद रहे Blast करते ही हमें भागना है। Move...

(चारों टुकड़ियाँ मंच पर Movement करती हैं तभी ब्लास्ट होता है। मंच पर अफरा-तफरी मच जाती है। Fire, मारो, भागो की आवाज़ें सुनाई देती हैं। बिजली चमकती है। तभी हम देखते हैं कि इनमें से एक सैनिक सूबेदार शरत दर्शकों की दिशा में भागने लगता है। कि तभी कैप्टन कंग उसे खींचकर नेपथ्य की तरफ़ ले जाता है। *(म्यूजिक और लाइट फेड आउट)*

(हल्की रोशनी होती है और ज़ोरदार बारिश की आवाज़ के साथ मंच के मध्य द्वार से टार्च लाइट आती है और उसके बाद एक फ़ौजी बरसाती ओढ़े हाथ में मशीनगन लेकर प्रवेश करता है। और चारों तरफ़ मुआयना करने के बाद टॉर्च से सिगनल देता है। फिर धीरे-धीरे बाकी फ़ौजी भी अन्दर आते हैं। एक जवान

लंगड़ाता हुआ दिखाई देता है। जिसे दूसरा जवान सहारा देकर लाता है। और मंच के दाईं तरफ़ एक सीढ़ी पर बिठा देता है।

गायकवाड : कै. कंग Chek that side, राठी तुम उधर देखो।

कै. कंग : ओ.के. सर।

हव. राठी : जी साबजी।

(दोनों अलग-अलग वींग्स में बाहर की तरफ़ जाते हैं। सूबे. शरत मुखोपाध्याय सीढ़ियों पर चढ़कर ऊपर की तरफ़ देखता है। कै. कृष्णन खिड़की से बाहर झाँककर देखता है। कै. कंग और सतपाल राठी वापस आकर...)

कै. कंग : ऑल क्लियर सर।

राठी : इधर भी सब ठीक है सर।

मे. गायकवाड : ठीक है। ये जगह थोड़ी sefe लगती है। We can rest here for some time. चार बज गए अभी तक उजाला नहीं हुआ।

कै. कृष्णन : थोड़ी देर में हो जाना चाहिए।

(सभी अपना Haver sack उतारकर ज़मीन पर रखते हैं और वहीं ढह जाते हैं।)

मे. गायकवाड : हवलदार राठी बैट्री ऑन करो।

सूबे. शरत : सर बहुत ठण्ड लग रहा है। थोड़ी सी आग जला लें क्या?

ले. हसनेन : आग जला के दुश्मन को धुएँ का सिग्नल देना है क्या।

सूबे. शरत : सारी सर!

ले. हसनेन : Sir ये हमारे दुश्मन उल्फा वालों का छोड़ा हुआ कैम्प लगता है।

कै. कृष्णन : आसमिज़ में शायद नारे भी लिखे हुए लगते हैं।

कै. कंग : *(टॉर्च के इशारे से एक दिवार पर रोशनी डालकर)* Right there sir..

मे. गायकवाड : सूबेदार शरत पढ़ो...तुम्हें तो आसमिज़ आती है।

सूबे. शरत : सर, नारे... धुँधले हो गए हैं... *(पढ़ता है)*...भारोटियो खुखोक् जन्ट्रोर गुन्डा वाहिनीर होतोर गुली वारुड ओथेले जबो।

कै. कंग : इसका मतलब...?

सूबे. शरत : भारतीय गुण्डा सेना की गोली बारूद बेकार जाएगी...। *(सब एक-दूसरे को देखते हैं।)*

हव. राठी : भारतीय गुण्डा सेना...अच्छा Title दिया है।

सूबे. शरत : हम हैं किधर सर?

हव राठी : मुझे ऐसा लगता है सर कि शायद हम लोग अपने रास्ते से काफ़ी भटक चुके हैं।

कै. कंग : सर...?

मे. गायकवाड : नहीं...। मुझे ऐसा नहीं लगता। कै. कृष्णन आप वायरलेस यहाँ सेट कर लीजिए।

(मे. गायकवाड जेब से सिगरेट निकालकर जलाते हैं और हसनेन के पास जाकर) Hows your Leg Lutinant?

ले. हसनेन : Ok Sir...गोली लगी नहीं है...सिर्फ ज़रा-सा Touch करके निकल गई...।*(हवलदार राठी हँसता है)*

मे. गायकवाड : राठी इसमें हँसने की क्या बात है?

राठी : सॉरी सर।

(खामोशी छा जाती है।..मे. गायकवाड़, हसनेन के पास आते हैं और घाव देखकर... ।)

मे. गायकवाड : घाव तो गहरा है... । हवलदार राठी । Look after his wound. and give him a painkiller

मे. गायकवाड : *(ले. हसनेन से)* सिगरेट पिओगे?

(राठी अपने किट के फर्स्ट एड निकालकर हसनेन के पैर की मरहम पट्टी करता है।)

ले. हसनेन : No sir...Thank you....

मे. गायकवाड : क्यों सिगरेट नहीं पीते हों?

हव. राठी : पीते हैं सर...पीते हैं।

मे. गायकवाड : पीते हो तो पीयो। **(मे. गायकवाड हसनेन को सिगरेट देते हैं)**

हव. राठी : मिल गया पेन किलर सर।

(अचानक बाहर सर-सराहट होती है। सभी ऑफीसर अपनी गन लेकर पोजीशन ले लेते हैं। मेजर गायकवाड बाहर जाकर मुआयना करते हैं और अन्दर आकर कहते हैं)

मे. गायकवाड : कुछ नहीं छोटा-मोटा जानवर था।

(सभी लम्बी सी राहत की साँस छोड़ते हैं और वापस अपनी-अपनी जगह पर बैठ जाते हैं। कै. कृष्णन वायरलेस Connect करने की कोशिश करते हैं।)

कै. कृष्णन : First cub speaking...first cub speaking...are you geting me cub 2 are you geting me?

(वायरलेस सेट पर कुछ खरखराहट की आवाज़ होती है। सूबे. शरत खरखराहट सुनकर वायरलेस सेट की तरफ भागकर आते हैं।)

सूबे. शरत : कनेक्ट होने के चांसेस लग रहे हैं सर...?

कै. कृष्णन : अभी तक तो नहीं... ।...But I am trying...

कै. कंग : सर...। मुझे तो ऐसा लगा कि वो हमारे इस मिशन के लिए बिल्कुल तैयार थे।...उनको मालूम था कि हम आने वाले हैं और हमारा प्लान था That we will catch them unaware...

कै. कृष्णन : Correct. ऐसा नहीं लगा...।

हव. राठी : बल्कि इसका उल्टा लगा सर...। उन्होंने हमारे हमले का ऐसा मुँहतोड़ जवाब दिया जैसे कि वो Fully prepared थे।

कै. कंग : मैं तो जैसे ही आगे बढ़ा सामने से अचानक 40-50 लोग मेरे ऊपर...।...अगर कै. कृष्णन ग्रेनेड फेंककर मुझे cover ना करते...

ले. हसनेन : आगे से ज्यादा तो पीछे से लोग आ रहे थे। मेरी तो समझ में नहीं आया कि हुआ क्या...

सूबे. शरत : मे. बख्शी की प्लाटून को चारों तरफ से घेर लिया था। लास्ट में जब मैंने देखा था तब तक मे. बख्शी और ले. कृष्णन एक बड़े से पेड़ के पीछे से फायरिंग कर रहे थे। और उल्फा के लोग उनकी तरफ बढ़ रहे थे।

(तभी कै. कंग सूबे. शरत को आगे बोलने से रोकता है क्योंकि कै. कृष्णन इन बातों को सुनकर और भी ज्यादा डिस्टर्ब हो जाएँगे क्योंकि ले. कृष्णन उनका भाई है।)

ले. हसनेन : पता नहीं उसके बाद वो लोग वहाँ...*(मे. गायकवाड से)*...सर आपको क्या लगता है। वो लोग वहाँ से भाग पाए होंगे?

मे. गायकवाड : कै. कृष्णन, ले. कृष्णन जो मे. बख्शी की पलटन में है तुम्हारा छोटा भाई है?

कै. कृष्णन : यस सर...।

ले. हसनेन : मेरे ख्याल में सर वो भी वहाँ से भाग निकले होगे।

गायकवाड : यस अफकोर्स आय एम श्योर ज्यादातर जवान तो स्कैप कर गए होंगे।

कै. कंग : जो पैनिक हुआ...उसी से सब गड़बड़ हुई।

सूबे. शरत : और हमारी दूसरी प्लाटून किस तरह भागी...कुछ पता नहीं...।

मे. गायकवाड : ये सब कुछ इसलिए हुआ कि हमारी पूरी प्लानिंग जिस Information पर Based थी कि वहाँ एक ammunition depot है जहाँ बहुत कम लोग होंगे और हम लोग रात को जाकर उसको तबाह कर सकते हैं। वो Information ही गलत निकली।

ले. हसनेन : सर उनके बारे में हमें गलत Information मिलती है और हमारे बारे में उन लोगों को सही Information मिलती है इसका मतलब?

कै. कंग : क्या?

ले. हसनेन : लगता है हमारे बहुत ही क्लोज सरकिट में उनका कोई इनफोरमर है। और क्या...?

कै. कृष्णन : यस सर...मुझे भी ऐसा लगता है।

कै. कंग : वो तो होगा ही, उनकी स्टेट में आके हम यहाँ बढ़ते हुए आतंकवाद को दबाने की कोशिश कर रहे हैं। और हम सब जानते हैं कि किसी भी प्रदेश का आतंकवाद वहाँ की जनता के सपोर्ट के बना नहीं पनपता। So Obiously यहाँ का तो चप्पा-चप्पा हमारा दुश्मन और उनका Informar है।

हसनेन : तो इसका मतलब ये हुआ सर...कि हम लोग हाथ पर हाथ धरकर बैठे रहें?...उनके जासूस काम करते रहें? हमारे मिशन ऐसे ही फेल होते रहें? एन वी कीप गेटिंग बुचर्ड बॉय दैम?

कै. कंग : Did I say that...

मे. गायकवाड : हसनेन whats wrong with you? पहली बात तो ये कि हमारा मिशन फेल नहीं हुआ है।

सूबे. शरत : बिल्कुल सर...हमने उनका हथियारों से भरा गोदाम तो ब्लास्ट कर ही दिया।

कै. कृष्णन : सूबेदार शरत...ब्लास्ट तो हो गया...लेकिन हमारा कितने जवान काम आ गए।

हसनेन : इसकी कोई जरूरत नहीं थी सर...इतनी जानों का नुकसान हो गया। इसको avoid किया जा सकता था।

गायकवाड : ओ. के. ...ओ. के. ये सब बातें बेस पर जाकर करेंगे। (सब खामोश हैं, मेजर गायकवाड़ मौके की नजाकत को देखते हुए

सेंटर स्टेज पर आते हैं अपना हाथ आगे बढ़ाते हैं ये देखकर सभी लोग वहां पहुँच कर अपना-अपना हाथ उनके हाथ में रखते हैं और सब एक साथ बोलते हैं)

सब : हम सब साथ दुश्मन को मात...। (सब अपनी-अपनी जगह पर जाते हैं)।

ले. हसनेन : वो लोग कितने बन्दे रहे होंगे सर...

राठी : शुक्र है आपने ये नहीं कहा कि कितने आदमी थे रे...।

कै. कृष्णन : क्या बोलता है राठी...किधर है हम लोग? हमेशा फालतू का जोक मारता रहता है।

मे. गायकवाड : मुझे लगता है दो सौ के ऊपर रहे होंगे वो लोग। हो सकता है पूरा एक बटालियन रहा हो...

शरत : बारिश भी उसी वक्त तेज हो गई थी सर...और फिर इतना धुप्प-अन्धेरा...मुझे तो कुछ दिख ही नहीं रहा था। सर मैं तो अल्फा वालों के साथ चला जा रहा था...।

हसनेन : शरत तुम भी यार...इतने वेबकूफ हो।

शरत : सच कह रहा हूँ...। अचानक किसी ने मेरा हाथ पकड़ा और खींचा...मैंने सोचा ये कौन है?...तभी बिजली चमकी और मुझे कैंग सर की पगड़ी दिख गई। फिर मैं इन्हीं के पीछ-पीछे भागता रहा।

कंग : पहुँच गया न?

शरत : जी सर!

कंग : मेरा नाम कब बोलना सीखेगा? कैंग नहीं कंग...बैठ जा के उधर।

राठी : ये तो सच है सर बहुत अन्धेरा था।

कृष्णन : थैंक गॉड सर इतने अन्धेरे में भी We found each other.

सूबे. शरत : भूख लग रही है...सर।

कै. कृष्णन : तो रो क्यों रहा है...? जिस-जिसको भूख लगी है अपना बैग से खाना निकालो और खाओ।

(शरत बैग खोलता है उसमें से Chocolate, tuna fish, glucose biscutts और Dry fruits के पैकेट निकालकर मे. गायकवाड और कै. कृष्णन को देता है)

ले. हसनेन : जब सर्दी में इतनी बारीश हो रही हे तो बरसात में क्या हाल होता होगा...

कै. कंग : तुम्हें मालूम नहीं क्या कि दुनिया में सबसे ज्यादा बारिश इसी इलाके में होती है।...असम में पहली पोस्टिंग है क्या...? हसनेन...?

ले. हसनेन : Yes sir...!

हव. राठी : *(गाना गाता है)*
आग में आग लगाए रे ये पानी
फिर से बनेगी कोई प्रेम कहानी
आग लगाए...सावन...

सूबे शरत : शट आप यार...नॉनसेंस...। पहले से ही इतना टेन्शन है और तू अलग सुलग रहा है...। अभी डाँट पड़ी है और फिर शुरू हो गया देखा भी कर चुप बैठ।

राठी : के हो गया...? गाना भी ना गाऊँ...?

शरत : ये गाना गाने की जगह है...? उधर जाके ड्यूटी सँभाल।

आवाज : Cub two...cub two...cub two speaking....cub two...are you getting me...are you getting me

कै. कृष्णन : cub one...cub one yes I am getting you...
(एकदम से Set dead हो जाता है।)

कै. कृष्णन : Shit!! we have again lost them...!

कै. कंग : ओय कृष्णन। अगर इस तरह लगातार हम कोशिश करते रहेंगे तब तो दुश्मन का वायरलैस सेट भी हमारे सिगनल जरूर catch कर लेगा।

कै. कृष्णन : इसको कैसे Avoid कर सकते हैं।

कै. कंग : लेकिन सर ये कितनी ख़तरनाक बात है।

मे. गायकवाड : इसके अलावा हमारे पास कोई चारा भी नहीं है। इतना रिस्क तो हमें लेना ही पड़ेगा।

हव. राठी : रिस्क तो कितना छोटा-सा शब्द है। मुझे तो ऐसा लगता है कि...

मे. गायकवाड : तुम्हें तो बहुत कुछ ऐसा लगता है, जो अगर आर्मी में आए हो तो नहीं लगना चाहिए।...लगातार पैंतीस किलोमीटर तक तुम बोलते ही रहे...।

हव. राठी : सर...! मैं किसी के लिए थोड़े ही कुछ कह रहा था, मैं तो अपने आप से बोल रहा था।

मे. गायकवाड : अपने आप से बात करनी हो तो अकेले में किया करो। जब सबके साथ हों तो अपने आप से बात नहीं होती।

हव. राठी : ...सब लोग हमेशा मुझे इसी तरह क्यों डाँटते रहते हैं।

शरत : चुप रह यार...कभी-कभी मुँह बन्द भी रखा कर। (मे. गायकवाड़ से) ...सर इसकी बातों को माइंड मत करिए। ये आजकल थोड़ा ऐसा ही हो गया है। Frustrated...। छुट्टी-वुट्टी भी सर इसकी कई बार रिजेक्ट हो चुकी है।

मे. गायकवाड : छुट्टी तो हम सबकी कई बार रिजेक्ट हो जाती है पर इसका मतलब ये नहीं कि हम meusin बन जाएँ।

हव. राठी : मैं जानबूझकर कुछ नहीं करता सर...ये तो मेरा नेचर ही ऐसा है।

कै. कंग : ओय जब आर्मी में आया है तो अपना नेचर अपने पास ही रख।

हव. राठी : मेरा नेचर मेरे पास ही है साबजी।

कै. कृष्णन : Rathi I am warning you अपने ऑफीसर से बात करने का manner नहीं है।

हव. राठी : मैंने ऐसा कुछ नहीं किया जो मुझे वारनिंग मिले।

कै. कंग : Shut up!

हव. राठी : मुझे भी आर्मी के क़ायदे क़ानून मालूम हैं।

कै कंग : Just shut up...shut up...।

मे. गायकवाड : बन्द करो ये बकवास...। दुश्मन को ना भी पता चले तो भी तुम लोग चिल्ला-चिल्ला के दुश्मन को बता दो कि हम यहाँ हैं।

कै कंग : Sorry sir...।

मे. गायकवाड : Rathi go back to your place.. कै कंग

कै. कंग : Sorry sir.

मे. गायकवाड : जरा Map निकालिए।

कै कंग : Sir...! *(कै. कंग Map निकालता है।)*

कै. कृष्णन : सर ले. हसनेन से Discuss कर लेते हैं। क्योंकि इस मिशन के लिए उन्होंने इस Map को Thoroughly Study किया है। *(ये तीनों लोग Map को उठाकर हसनेन के पास ले जाकर बिछाते हैं। ले. हसनेन उठने की कोशिश करता है।)*

मे. गायकवाड : अरे तुम बैठे रहो, You are injured...। जरा Map देखकर समझ लेते हैं।

ले. हसनेन : सर...! *(उठता है)*

मे. गायकवाड : इट्स ओके तुम बैठो

(सभी लोग नक्शा में झाँकते हैं।)

ले. हसनेन : ये है अपने चार R.V. प्वाइंट यानी रान्देवू प्वाइंट। यह है R.V. Point-4 हमारा Mother base। यह है R.V. Point-2 अल्फा का वो Ammunition Depo जो हमने ब्लास्ट किया। रात को ब्लास्ट करने के बाद मुझे लगता है हम इस तरफ़ से भागे।

मे. गायकवाड : यानी Oppsitive डायरेक्शन में।

ले. हसनेन : सर! और शायद ये है वो रास्ता जिससे हमने लम्बा चक्कर लगाया।

कै. कंग : आय यू शोर।

ले. हसनेन : हाँ सर...। क्योंकि अगर हम लोग याद करें तो वहाँ से भागते ही हमने दो पहाड़ियाँ क्रास की थी। जो शायद ये वाली पहाड़ियाँ होंगी।

मे. गायकवाड : ये वाली?

ले. हसनेन : सर हम ये दोनों पहाड़ियाँ चढ़े थे और उतरे थे।

कै. कृष्णन : हाँ। दो पहाड़ियाँ तो हम चढ़े थे

ले. हसनेन : यह है वो Green water fall जो हमने क्रॉस किया।

कै. कंग : क्या...? हमने Green water fall Cross कर लिया?

ले. हसनेन : सर...! इस Map के हिसाब से तो यही लगता है।

सूबे. शरत : *(राठी को देखते हुए)* उड़ी बाबा...। मतलब तुम Green water fall में तुम बह गया था।

हव. राठी : क्या वो Green water fall था तब तो सचमुच मैं बचा।

कै. कृष्णन : बचा नहीं बचाया गया। कै. कंग ने अपनी जान रिस्क में डाल के तुम्हें बचाया था।

हव. राठी : यह तो सच है सर...! *(कै. कंग से)* Thank you sir...!

कै. कंग : से सब कहने की जरूरत नहीं। Its my duty to save the life of our जवान! Get back.

(राठी कै. कंग की तरफ देखता है फिर नज़रें नीची कर लेता है। मे. गायकवाड और ले. हसनेन जो कि अब तक नक्शा में सिर खपाए हुए हैं।)

मे. गायकवाड : That mean हसनेन!

ले. हसनेन : यस सर हम लोग अपने Mother base के बहुत पास हैं।

मे. गायकवाड : कितने दूर होंगे?

(ले. हसनेन नक्शा में नज़रें गड़ाते हुए)

ले. हसनेन : लगभग पच्चीस से तीस किलोमीटर के बीच...।

मे. गायकवाड : *(के. कंग से) कैप्टन जरा* Compass दीजिए।

(कै. कंग Compass निकाककर देते हैं। मे. गायकवाड Compass लेकर दिशाएँ समझाने की कोशिश करते हैं। कै. कंग नक्शा हाथ में लेकर मेजर गायकवाड के पास खड़े हो जाते हैं।) यानी हम लोग अभी इस पहाड़ी पर हैं....यहाँ। ये जो पतली सी लाइन दिख रही है। इधर हमारे बाईं तरफ एक छोटी-सी Stream होनी चाहिए। Isnt it...?

ले. हसनेन : यस सर!

मे. गायकवाड : सूबे. शरत जाके देख के आओ।...ज्यादा दूर मत जाना...and be very carefull।

सूबे. शरत : सर...!

(सूबे. शरत जाता है। मे. गायकवाड शरत के जाने की दिशा में देखते हैं। फिर घूमकर ले. हसनेन से मुखातिब होते हैं।

मे. गायकवाड : अगर सूबे. शरत को वो Streem मिल जाती है तो ये Confirm हो जाएगा कि हम यहाँ हैं। तो फिर सीधे-सीधे इसी डायरेक्शन में हमें चलना पड़ेगा।

कै. कंग : लेकिन सर जैसा कि आप देख रहे हैं इस तरफ खाई बहुत गहरी है।

मे. गायकवाड : So what! we will have to be very carefull. आप लोगों ने कुछ खा लिया है न क्योंकि अगले 20-25 किलोमीटर तक जब तक हम लोग Mother base न पहुँच जाएँ हम लोग कहीं रुकेंगे नहीं।

सब : Yes sir!

मे. गायकवाड : So lets all be ready to move...?

सूबे. शरत : *(बाहर से ही)* Sir...! है सर...!

मे. गायकवाड : ये तो सूबेदार शरत की आवाज़ है। पोजीशन!

(पोजीशन बोलते ही कैप्टन कृष्णन और हव. राठी बाहर चले जाते हैं जिस तरफ से सूबे. शरत आवाज़ दे रहा था और मेजर गायकवाड, कैप्टन कंग और ले. हसनेन स्टेज पर ही पोजीशन ले लेते हैं। कुछ ही क्षणों के पश्चात् सूबे. शरत वापस आता है और मेजर गायकवाड से कुछ कहना चाहता है कि मेजर

गायकवाड उसे भी इशारे से पोजीशन लेने को कहते हैं, वो पोजीशन ले लेता है। कुछ देर बाद कैप्टन कृष्णन वापस आते हैं और मेजर गायकवाड से कहते हैं।)

कै. कृष्णन : सर...शरत बाहर नहीं है...।

मे. गाय. : शरत अन्दर है।

कै. कृष्णन : अन्दर है...?

शरत : हाँ मैं तो अन्दर हूँ...।

कै. कृष्णन : तो फिर बाहर क्या है...?

शरत : कोई नहीं...।

कै. कृष्णन : कोई नहीं है?

शरत : हाँ कोई भी नहीं है।

कै. कृष्णन : तो है सर, है सर...क्या चिल्ला रहा था।

शरत : नोदी है सर!

कै. कृष्णन : Duffer...!

सूबे. शरत : Duffer नहीं सर... नोदी है। *(मे. गायकवाड से)* सर उधर एक भीषोण नदी है।

कै. कंग : सूबेदार शरत जैसा कि मेजर साब ने कहा वहाँ एक छोटी सी स्ट्रीम होनी चाहिए। लेकिन आपके हाथ के इशारे से लगता है कि वहाँ हिन्द महासागर है।

सूबे. शरत : हिन्द महासागर नहीं सर भीषोण नदी है। एत्ता-एत्ता जल!

मे. गायकवाड : भीषण नदी...? एत्ता-एत्ता जल...। *(सब हँसते हैं)*

सूबे. शरत : सर...!

(तभी वायरलेस पर अल्फा का मैसेज आता है)

आवाज़ : Commando Calling all units of Ulfa...commando Calling all units of Ulfa...

कै. कृष्णन : सर असामिज भाषा में कोई मैसेज आ रहा है।

मे. गायकवाड : शरत। *(इशारा करते हैं सुनने के लिए, शरत रिसीवर कान से लगाता है)*

आवाज़ : Indian आर्मीर कुकुरहते अमार हकोलुत Ammunition Depot एता उड़ाई दिसे। अमार इमान ख्योति होइसे जे ताक बरनना कोरिबो नुआरू। हिहांतर किसु मानक आमि मारिलू आरू तारे किसु

मान जंगलर फ़ाले पोलाइ गोइसे। हे कारणे अपना लोकर एरियार जंगलर प्रत्येकतु अंहते हिहोतक बिसारि निर्मूल पेलुओ। Search them and kill them. over....

(शरत का चेहरा उतर जाता है)

मे. गायकवाड : शरत क्या हुआ?

सूबे. शरत : सर ये अल्फा के हाई कमान का आर्डर उनके सारे यूनिट के लिए।

कै कंग : हाँ ये तो समझ में आया लेकिन उन लोगों ने क्या कहा?

सूबे. शरत : उसने कहा कि इण्डियन आर्मी के डॉग्स ने हमारा सबसे बड़ा एमुनेशन डिपो ब्लास्ट कर दिया है। यह एक ऐसा नुकसान है जिसकी भरपाई करना बहुत मुश्किल है। कुछ लोगों को तो हमने मार दिया है। कुछ जंगली की तरफ भाग गए हैं। इसलिए उनकी सारी यूनिट्स को इन्फार्म किया है कि अपने-अपने एरियाज के जंगलों में चप्पे-चप्पे पर उन्हें ढूँढ़ो और मार दो।

मे. गायकवाड : देखा हसनेन Operation cloudburst फेल नहीं हुआ है।

ले. हसनेन : यस सर! लेकिन क्या हम लोगों को अब यहाँ से मूव करना चाहिए।

मे. गायकवाड : नो! हमें इस वक्त यहाँ से मूव नहीं करना चाहिए वी शुड वेट हमें अँधेरे का इन्तजार करना चाहिए। रात के अँधेरे में धीरे-धीरे ही निकलना ठीक रहेगा।

कै. कंग. : लेकिन सर...! दिन भर इस जगह पर बैठकर अँधेरे का इन्तजार करना भी सुरक्षित नहीं है। हम दुश्मन की ज़मीन पर खड़े हैं, और दुश्मनों से घिरे हुए हैं। हमें फौरन निकलना चाहिए।

मे. गायकवाड : कै. कंग...। उजाले में चलना तो उससे भी बड़ा खतरनाक है। आपने ही कहा था न चप्पे-चप्पे पर हमारा दुश्मन हो सकता है। इसलिए हमें शाम होने का इन्तजार करना होगा। और तब तक हमें इस तरह रहना है कि कम-से-कम आवाज़ हो, ख़ामोश पर सतर्क Meanwhile हम में से एक-एक बन्दा जा के बाहर किसी ऊँचे पेड़ बैठेगा जहाँ से उसे दूर तक दिखाई दे सके। binocular से Watch करेगा और अगर कोई खतरे की बात है तो फौरन हमें Inform करेगा। खतरे का एलर्ट सिग्नल है तीन

बार रोबीन की आवाज़...।

(शरत Rogin की आवाज़ निकालता है)

मे. गायकवाड : ...ओ.के.। हव. राठी सबसे पहले वॉच पर तुम जाओगे।

(हव. राठी अपनी बरसाती पहनता है और दूरबीन उठाता है।)

सूब. शरत : सर...! मुझे भी जाना पड़ेगा।

मे. गायकवाड : Why?... सूबे. शरत क्या तुम नहीं समझते कि ये कितना बड़ा खतरा है?

सूबे. शरत : Sorry sir...! पर मुझे जाना ही पड़ेगा।

मे. गायकवाड : कै. कंग... Then you also go... आप और राठी दोनों तरफ़ से इन्हें गॉर्ड कीजिए।

दोनों : Yes sir...।

हव. राठी : चलिए भाई। क्या शाही ज़िन्दगी है हम लोगों की भी। टट्टी करते हैं तो बन्दूक की छाँव में...।

कै. कंग : राठी इधर आओ...इतनी घटिया बातें गन्दे जोक्स क्यों करते हो आर्मी के बारे में...?

हव. राठी : हमारे हरियाणा में ऐसे ही बातें होती हैं सर...।

कै. कंग : पूरे हरियाणा को बदनाम मत करो, आगे चलो।

(तीनों बाहर जाते हैं। मे. गायकवाड कै. कृष्णन के पास जाते हैं। कै. कृष्णन बटुए में से अपने बेटे की तस्वीर देखते हैं।)

मे. गायकवाड : कै. कृष्णन तुमसे कितने साल छोटा है तुम्हारा भाई?

कै. कृष्णन : पाँच साल।

मे. गायकवाड : क्या तुमने उसे सेना में आने के लिए कहा था?

कै. कृष्णन : नहीं सर वो अपने आप से आया। बचपन से बोलता था आर्मी में जाने का है।

मे. गायकवाड : Married है?

कै. कृष्णन : नहीं सर...! Marrige होनेवाली है।

मे. गायकवाड : और तुम?

कै. कृष्णन : ओ यस सर मेरा तो आठ साल का बेटा है सर... आज उसका बर्थडे है वो भी अभी से बोलता है आर्मी ज्वाइन करने का है।

मे. गायकवाड : Good congrats... he is going to be a smart solder.

कै. कृष्णन : सर आपका कितना बच्चा लोग है।

मे. मुन्द्र : दो बेटियाँ हैं। जुड़वा अनी और विनी...अनीता, विनीता।

के. कृष्णन : क्या उम्र होगी सर...?

मे. गायकवाड : अब तो बड़ी हो गईं...देवलाली में अपने मम्मी के साथ रहती हैं। कॉलेज के फंक्शन्स में ऐसे ज़ोर-शोर से हिस्सा लेती है कि...All that classical stutts u know...very nice.

कै. कृष्णन : *(हँसते हैं)* ग्रेट सर...।

मे. गायकवाड : मैं ज़रा बाहर चेक करके आता हूँ।

कै. कृष्णन : सर...!

(मे. गायकवाड बाहर चले जाते हैं, कै. कृष्णन ले. हसनेन की तरफ आता है।)

कै. कृष्णन : ये लो चॉकलेट खाओ हसनेन।

ले. हसनेन : क्यों सर...?

कै. कृष्णन : आज मेरे बेटे का बर्थडे है। सुन्दरबाला कृष्णन।

ले. हसनेन : हैपी बर्थडे सर...आज आप कितने साल के हो गए?

कै. कृष्णन : आठ...अभी तुम जोक मारता है—जोक मारता है?

ले. हसनेन : नहीं-नहीं सर।

कै. कृष्णन : हम समझ गया, हम समझ गया।

ले. हसनेन : यू आर ग्रेट सर।

कै. कृष्णन : ले. हसनेन! तुम अपने चिल्ड्रेन को आर्मी में भेजेगा?

ले. हसनेन : मेरी तो शादी भी नहीं हुई सर।

कै. कृष्णन : पर इंगेजमेंट तो हो गई है।

ले. हसनेन : हाँ सर इंगेजमेंट तो हो गई है। पर बच्चे तो शादी के बाद ही होंगे।

कै. कृष्णन : अच्छा ये तो मुझे पता ही नहीं था तुम्हारे नार्थ इंडिया में ऐसा होता है क्या?

ले. हसनेन : सर आप भी जोक मारता है, नार्थ इंडिया पर जोक मारता है। हम भी समझ गया।

कै. कृष्णन : और हम ये समझ गया कि तुम हमारे कोश्चन को अबोइड करता है।

ले. हसनेन : कौन-सा कोश्चन सर..?

कै. कृष्णन : यही कि क्या तुम अपना बच्चा लोग को आर्मी में भेजेगा?

ले. हसनेनः क्यों पूछ रहे हैं सर?

कै. कृष्णन : ऐसे ही...by the way। तुम्हारे grand father भी आर्मी में थे,

पिताजी भी आर्मी में थे lifeutenant general हो के रिटायर्ड हुए।...तुम अपने तीन बहिनों का अकेला भाई फिर भी तुम्हारे Parent ने तुम्हें आर्मी में भेजा। ग्रेट... बहुत बड़ी बात है। इसलिए मैंने पूछा क्या तुम भी...।

ले. हसनेन : शायद सर...शायद...।

कै. कृष्णन : शायद क्यों? Difinite क्यों नहीं?

ले. हसनेन : सर जाने दीजिए।

कै. कृष्णन : न न बोलो न।

ले. हसनेन : ...अब एक सवाल का निशान है।

कै. कृष्णन : सवाल का निशान...? हम कुछ समझा नहीं...।

ले. हसनेन : मेरे पिता lieutenant general मेंहदी हसनेन को जनरल क्यों नहीं बनाया गया? जबकि वो हर तरह से, उनसे, जो जनरल बने विद माइ डयू रिसपेक्ट...मिलियन टाइम्स वैटर ऑफीसर थे। ये सवाल उन्होंने खुद तो कभी नहीं उठाया मैंने भी उस सवाल को सुनने से इंकार कर दिया और आर्मी में आ गया। मगर सवाल तो फिर भी है वहाँ...।

कै. कृष्णन : तुम्हारा Point एकदम Valid है।

ले. हसनेन : आपको मालूम है सर पार्टिशन के वक्त मेरी मदर के तीनों सगे भाई पाकिस्तान चले गए। जबकि उनको यहाँ कोई प्रॉब्लम नहीं थी लेकिन ऐसे ही। वहाँ जाके तीनों को ऐसी नौकरियाँ मिलीं। एक पाकिस्तान इन्टेलीजेंस में, एक आर्मी में और एक एटोमिक एनर्जी प्लांट में--ना उन तीनों को यहाँ आने का वीज़ा मिला और ना हमारे आर्मी बैक ग्राउंड की वजह से हम लोग वहाँ जा सके--ना हमने कभी अपने मामुओं को देखा ना फिर से कभी हमारी माँ ने अपने भाइयों को देखा। इस बात की शिकायत तो हम नहीं करते। चलिए जो वहाँ चले गए, चले गए। लेकिन जो यहाँ रह गए उन्होंने अपनी मर्जी से ये मुल्क चुना है। जैसे मेरे दादा-परदादा...उन्होंने कहा था वो ऐसे मुल्क में जाके नहीं रहेंगे जो मज़हब की बुनियाद पर बना है। हमारा मुल्क हमारे मज़हब से ज्यादा है। और फिर ऐसे ख़्यालात होने के बावजूद अगर आज ये मुल्क हमें यह एहसास कराए कि हमारा मज़हब हमारे माथे पे एक बदनुमा दाग की तरह है तो फिर हम अपनी

आने वाली नस्लों को ऐसे पेशों में क्यों डालें। जहाँ वो तरक्की की सबसे ऊँची सीढ़ी तक इसलिए नहीं पहुँच सकते क्योंकि उनका नाम हसनेन है।

(कै. कंग और शरत लौटकर आते हैं। आते ही उनको महसूस होता है कि ले. हसनेन कोई गम्भीर बात कर रहे थे। कै. कंग एक-एक करके सबकी तरफ देखता है।)

कै. कंग : Any Problem?

मे. गायकवाड : Nothing.

(मे. गाय. नहीं चाहते कि बात दोहराई जाए इसलिए हसनेन की बातों पर पर्दा डालते हुए कंग से कहते हैं।)

मे. गायकवाड : हव. राठी ठीक पहरे पर बैठ गए।

कै. कंग : बैठ तो गया सर...। लेकिन उसका तो आपको पता ही है। हम लोग जब आ रहे थे तो पेड़ पर चढ़ गया और बोला मुझे भी आ रही है। पर मैं ऊपर से ही कर लूँगा। मुझे गॉर्ड करने की जरूरत नहीं है।

मे. गायकवाड : He is realy a Joker.

कै. कृष्णन : जोकर-वोकर कुछ नहीं सर...! He is a rascal

मे. गायकवाड : कै. कृष्णन अपने जवानों के बारे में फाउल वर्डस इस्तेमाल करने की आदत बहुत अच्छी नहीं है। और फिर ये मत भूलिए कि वो इतना पोलिस्ड और एजुकेटिड नहीं है जैसे कि आप लोग और सबसे बड़ी बात तो ये कि उसने ड्यूटी में कभी कोताही नहीं की।

कै. कृष्णन : सॉरी सर मैं ध्यान रखूँगा।

मे. गायकवाड : Ok...Ok...That not the issue today राठी हमारी Main Problem नहीं है। फालतू के Discussion करके अपनी Energy Waste मत कीजिए।

(थोड़ी देर ख़ामोशी...कै. कृष्णन और कै. कंग अपनी जगह पर जाते हैं।)

मे. गायकवाड : रोशनी काफी हो गई अब ये लाइट बन्द कर दो।

(क्रास फेडआउट)

(Fade in होने पर हम देखते हैं कि कै. कंग दूरबीन से Down stage पर आकर कुछ देख रहे हैं। बाकी सब अपनी-अपनी जगह

पर बैठे हैं। कै. कंग वापस अपनी जगह पर आकर अपने बैग में से बोतल निकालता है और कै. कृष्णन से कहता है।)

कै. कृष्णन : Cheers...!

कै. कंग : Cheers...!

(कै. कंग जेब से लाल रंग का रूमाल निकालकर मुँह पोंछता है। सूबे. शरत कै. कंग से)

सूबे. शरत : Sir...! If you don't mind.

कै. कंग : I Mind yaar...! तू अपनी बोतल निकाल न।

सूबे. शरत : नहीं Sir मैं ये माँग नहीं रहा हूँ।...मैं कुछ पूछना चाहता हूँ।

कै. कंग : पूछो।

सूबे. शरत : ये आप अपने हाथ में लाल रूमाल क्यों बाँधते हैं?

कै. कंग : *(हँसते हुए)* ओह ये? ये तो मेरी माँ ने दिया है। उनको किसी बाबा ने बताया है कि अगर मेरे पास लाल रंग का रूमाल हमेशा रहेगा तो मुझे कुछ नहीं होगा।

सूबे. शरत : कुछ नहीं होगा...मतलब सर...?

कै. कंग : मतलब...मैं मरूँगा नहीं यार...यानी जो गोली मेरी तरफ आ रही होगी वो जुप्प करके...साइड से निकल जाएगी।

सूबे. शरत : उड़ी बाबा...सर...एक ठो रूमाल मुझे दे दीजिए ना।

कै. कंग : एक ठो...ये ले तेरा रूमाल एक ठो रूमाल...। मेरी जब भी उनसे बात होती है और कुछ पूछे या ना पूछे ये बात जरूरी पूछती है। बेटा तूने रूमाल रख्या होया है?''...और पढ़ीं लिखीं हैं Highly Educated, Government College में Physics पढ़ाती है। मगर Logic...?...Zero...माँओं का दिल भी कमाल का होता है। कितना भी उनसे लड़ लो झगड़ लो। फिर भी दूसरे दिन पूछती है। बेटा रोटी खा ली?...और रोने में मेरी माँ का कोई जवाब ही नहीं...छुट्टी में घर जाता हूँ तो रोती है। छुट्टी से वापस आता हूँ तो रोती है। फोन करता हूँ तो रोती है। फोन नहीं करता तो रोती है।

सूबे. शरत : सर आप भी तो रो रहे हैं।

कै. कंग : मैं भी तो अपनी माँ का ही बेटा हूँ ना! माँएँ होती ही ऐसी हैं कि उनको याद करके रोना आ ही जाता है। अब ये लेटेस्ट रूमाल एक दर्जन बनाकर भेजे हैं। ये माँओं की क़ौम ही अलग होती है।

लेखिका एवं निर्देशिका नादिरा बब्बर अभिनेता आर्य बब्बर को कुछ निर्देश देती हुईं

नाटक के एक दृश्य में भावुक मुद्रा में आर्य बब्बर

सूबे. शरत : मेरी तो माँ ही नहीं है सर। (शरत की आँखों में आँसू)

कै. कंग : आय एम सॉरी... शरत।

सूबे. शरत : मैं बहुत ही यंग था तभी मेरी माँ...मेरे फ़ादर ने मुझे पाली, बड़े प्यार से पाली और दूसरा शादी भी नहीं किया। पूरा फेमली बोला शादी कर ले लेकिन मेरा फ़ादर बोला नहीं मैं शरत को पालेगी माँ के बारे में तो मुझे बस इतना याद है कि वो व्हाइट कलर की साड़ी पहनती थी। उस पर रेड कलर का बार्डर और रेड कलर की बड़ी-सी बिन्दी लगाती थी और सर मेरा भी फेवरिट कलर रेड है।

कै. कृष्णन : मेरा भी...रेड कलर कितना अच्छा होता है...।

कै. कंग : मुहब्बत का रंग है पैशन का रंग है।

सूबे. शरत : सर आप किसी से लव करते हैं...

कै. कंग : हाँ! करता हूँ, 10 साल से, हाई स्कूल में था तब से?

कै. कृष्णन : तो मैरेज क्यों नहीं किया?

कै. कंग : अरे छुट्टी मिले तब तो मैरेज करूँ। मेरी माँ ने तो सब तैयारी करके रखी है। लेकिन जाने का मौका तो मिले। इस बार जाऊँगा तो स्टेशन से ही बारात...ओए शरत? आय थिंक यू ओल्सो हैव अ गर्ल फ्रेंड...

कै. कृष्णन : पकड़ लिया।

सूबे. शरत : मेरी गर्ल फ्रेंड का नाम सुपर्णा है।

कंग + कृष्णन : सुपर्णा...।

सूबे. शरत : और सर उसका फेस एकदम फुल मून की तरह है। व्हाइट।

कै. कंग : फ़ेस ही है ना फुल मून व्हाइट...कहीं उसकी बॉडी तो नहीं है? फुल मून साइज?

सूबे. शरत : सर वो भी मोस्टली रेड कलर ही पहनता है—अता सर आपका फेवरिट कलर कौन-सा है।

ले. हसनेन : वही जो तुम्हारी फुल मून का है लाल, सुर्ख।

सूबे. शरत : *(मे. गायकवाड से)* मेजर साहब आपका?

मे. गायकवाड : मेरा भी Favorate colur किसी जमाने में लाल ही था।

कै. कृष्णन : अब नहीं है सर...।

मे. गायकवाड : No...Never...

सूबे. शरत : क्यों...सर...!

मे. गायकवाड : ...इतना खून जो देख लिया... ।...चाहे दुश्मन के बदन से निकलते हुए चाहे अपने साथियों के बदन से या फिर अपने बदन से ...एक वक्त था जब लाल रंग कितना खूबसूरत लगता था। ...उगते हुए सूरज का लाल रंग, रेशमा के उजले गोरे माथे पर सजा हुआ सिन्दूर का लाल रंग, पाँव पर लगे हुए आलते का लाल रंग, हाथ में रची मेहंदी का लाल रंग... । अब जैसे वो सब लाल रंग खून में बदल गए... । जब पहली बार मैंने किसी को जान से मारा था। श्रीनगर में हम आतंकवादियों के जत्थे पर हमला करने गए थे। अचानक हमारे सामने पन्द्रह-सोलह साल के लड़के खड़े हो गए। जो लड़का सबसे आगे खड़ा था, उसके हाथ में ग्रेनेड था, फिर भी वो डर के मारे थर-थर काँप रहा था... आँखों में मौत का भय था। पूरी तरह दाढ़ी मूँछ भी नहीं निकली थी। मैंने देखा दहशत के मारे उसका पेशाब भी निकल गया था। मैं सोचने लगा कि मैं इसे कैसे मारूँ? कि पीछे से ऑर्डर आया 'शूट' ...मुझे कुछ समझ में नहीं आया, मैंने गोली चला दी... । उसकी आँखें फटी-फटी की रह गई... । जैसे मुझसे पूछ रही हों—"कि मुझे क्यों मारा...?"...फिर मुझे ऑर्डर मिला कि उसे चैक करो कि उसके पास कोई हथियार तो नहीं...मैंने आगे बढ़कर उसकी खून से भरी लथपथ लाश को चैक किया। ...उसका खून मेरे हाथों में आस्तीनों पर सब जगह लग गया... । कितनी रात मैं सो नहीं सका... । अँधेरे में उसकी आँखें नज़र आती थी।

कै. कंग : Are you ok Sir...?

मे. गायकवाड : Yes! I am ok... लेकिन अब नहीं... अब तो मैं धड़ से गोली चला देता हूँ।...बल्कि अब तो मुझे मारने में मज़ा आता है। ...क्योंकि समझ में आ गया है—"मारो नहीं तो मार दिए जाओगे" ...इसीलिए लाल रंग से नफ़रत हो गई है अब मुझे... ।

कै. कंग : ठीक कहा है सर आपने...! दुश्मनों से लड़ना, तो एक बात है। अपने ही देशवासियों से लड़ना।

कै. कृष्णन : बड़ा Confusion Create होता है सर... छोटा-छोटा बच्चा लोग आतंकवादी बन जाता है। हमें उनको शूट करने का आर्डर मिलता है।

कै. कंग : ...पूरी आर्मी की ट्रैनिंग...बहादुरी के इरादे... । वो इसपे आके

मेजर गायकवाड बने दर्पण मिश्र अपने साथियों को भारतीय फौज की महत्ता समझाते हुए

आर्य बब्बर और कांची सिंह

खत्म हो जाते हैं। कि हम छोटे-छोटे बच्चों को भून दें...अब तो यहाँ तक ऑर्डर दे देते हैं कि "आतंकवादी अगर Civilian के साथ हैं तो भी मारो, Civilian मर भी जाएँ तो कोई बात नहीं... ।"

मे. गायकवाड : लेकिन ऐसे ऑर्डर तो...

कै. कंग : ऐसे ऑडर्स भी होते हैं सर...ब्लू स्टार ऑपरेशन, कितने सिविलियन थे वहाँ... ।

मे. गायकवाड : लेकिन वहाँ तो Situation अलग थी।

कै. कंग : मैं मानता हूँ सर...मगर किसी भी तरह उसे अबोइड नहीं करना चाहिए था। लेकिन नहीं... । आर्डर हो गया कि हरविन्दर साहब की ड्योढ़ी पर अटैक कर दो...अन्दर कितनी फ़ाइरिंग हुई। और उस गुस्से और अपमान का नतीजा...सब जानते हैं कि क्या हुआ और उसके बाद चौरासी के दंगे। क्या-क्या जुल्म हुए। कितने सारे सवाल जिनके जवाब नहीं मिल पाते।

ले. हसनेन : और जिन सवालों को अपने जवाब नहीं मिलते वो फिर हाथ में बन्दूक उठाके जवाब ढूँढ़ने लगते हैं।

मे. गायकवाड : *(बेहद गुस्से में)* What Rubbish...तुम लोग ये कहने की कोशिश कर रहे हो कि पूरी दुनिया जो आज इस आतंकवाद के कगार पर खड़ी है वो कुछ सवालों के जवाब ढूँढ़ रही है?... आर्मी में रहके तुम ऐसी बातें करते हो?...I am shocked... ।

ले. हसनेन : क्यों सर सिर्फ आर्मी में हैं इसलिए हमसे ये सवाल पूछने का अधिकार क्यों छिन जाता है। कि आज विश्व में एक दो बड़े राष्ट्र पूरे विश्व को कंट्रोल करने की कोशिश क्यों कर रहे हैं—क्या यूनाइटेड नेशन कभी अमेरिका से पूछने की हिम्मत कर सकता है कि उसने विश्व की शान्ति का ठेका अपने हाथ में क्यों ले रखा है? और यहाँ भी मुट्ठी भर पोलिटिशियन्स पूरे देश की सुरक्षा को छिन्न-भिन्न क्यों कर देते हैं? आज पूरी दुनिया में ऐसे हालात क्यों पैदा हो गए हैं? इन्सान की जान इतनी सस्ती क्यों हो गई है? हर देश में आतंकवाद सर क्यों उठा रहा है?

कै. कंग : बिल्कुल ठीक कह रहे हैं ले. हसनेन...सर... । जिससे हम सहमत हों वो क्रांति हो जाती है नहीं तो आतंकवाद, विद्रोह हो जाता है। फिर विदेशियों के राज में और अपने राज में फर्क ही क्या

है...। आज जब एक बच्चा बन्दूक उठाता है तो उसको शूट कर देना हमारी ड्यूटी है। लेकिन उस बच्चे ने बन्दूक क्यों उठाई इस बात को समझना मेरा काम नहीं होना चाहिए क्योंकि मैं आर्मी में हूँ...? What am I a Dam Killing Machine?

ले. हसनेन : आखिर आर्मी वालों के भी तो एक दिल होता है, सोचने समझने वाला दिमाग़ होता है। या कि हम लोग सिर्फ Puppets हैं...? या फिर Just...Just...Just...हुक्म के गुलाम...। *(मे. गायकवाड खामोश खड़े हैं कोई जवाब नहीं देते।)*

कै. कृष्णन : शटअप अभी Silence...ये क्या हो गया तुम दोनों को...ये कौन-सा मैटर लेकर बैठ गया। *(मे. गायकवाड के पास जाकर)* Sorry sir...। हम लोगों ने कुछ ज्यादा बोल दिया शायद... ऐसे Subject पर Discuss करना ही नहीं चाहिए। वो भी ऐसी जगह पर...*(मे. गायकवाड कोई जवाब नहीं देते घूमकर खड़े हो जाते हैं।)*

सूबे. शरत : *(माहौल की संजीदगी को न समझकर)* सर थोड़ी देर तक तो आपका बात मुझे सोमोझ में आ रही थी। फिर तो मैंने छोड़ ही दिया।...वो क्या था, सवाल बोन्दूक लेके जाता है। जोवाब ढूँढ़ने के लिए...? क्या था सर वो...? *(कै. कंग शरत को गुस्से से देखते हैं, के. कृष्णन उसे चुप रहने को कहते हैं और कंग और हसनेन को कहते हैं मेजर को सॉरी बोले।)*

कै. कृष्णन : *(रियेक्शन मे. गायकवाड जो अब तक पीठ किए हुए खामोश खड़े हैं कै. कंग और ले. हसनेन उनको देखते हैं। फिर कै. कंग और ले. हसनेन दोनों एक-दूसरे को देखते हैं और बड़ी मुश्किल से हिम्मत करके मे. गायकवाड के पास जाते हैं।)*

दोनो : सर सॉरी सर...!

कै. कंग : हम आपको...Upset नहीं करना चाहते थे सर...!

मे. गायकवाड : Its ok boys...वैसे तुम लोगों की बात भी...ग़लत नहीं है। लेकिन एक बात मैं भी तुम लोगों से कहना चाहता हूँ कि न तो तुम सिर्फ Killing Machine हो और न ही हुकुम के गुलाम, तुम भारत की सेना की एक जरूरी इकाई हो और याद रहे कि भारतीय सेना विश्व की दूसरी सबसे बड़ी सेना है। तुम लोग तीन साल NDA करते हो और फिर IMA पूरे चार साल के बाद भारतीय

सेना तुम्हें इस वर्दी के योग्य समझती है और देश की रक्षा के लिए तुम्हें हथियार सौंपती है।...ये हथियार नहीं हैं ये हमारे देश की आन है। जो तुम्हें सौंप दी जाती है। इसके बाद ऑर्डर सुनना और उसको अंजाम देना तुम्हारी ड्यूटी हो जाती है।...जरा सोचो अगर दुश्मन हम पे हमला करे और उस वक्त हमारी सेना के जवान और अफ़सर अपने सीओ से सवाल पूछने लगे तो क्या होगा?...Indian Amry इस देश का महान Institution है जिसका गौरवशाली इतिहास है। और उसका कारण न्यू क्लियर वैपन्स, टैंक्स, मशीनगन्स, हैलीकॉप्टर, या फाइटर प्लेंस नहीं है बल्कि आप हैं।

चारों तरफ देश में जहाँ हजारों तरह की समस्याएँ हैं, अराजकता, भ्रष्टचार है वहाँ इंडिया आर्मी एक ध्रुव तारे की तरह चमकती है। देश का और देश की जनता का हमारे ऊपर विश्वास है। इसीलिए तो देश में कहीं दंगे-फसाद हो या बाढ़ के दौरान जब स्थिति Civil Adminitration के बाहर हो जाए तो सेना को बुलाया जाता है। क्यों...क्यों...क्योंकि सबका ऐसा विश्वास होता है कि आर्मी आ गई तो सब ठीक हो जाएगा। और ये इज्जत ये मान सेना का आपकी वजह से है। आपके अनुशासन की वजह से है। आप में से एक-एक का आर्मी के प्रति हंड्रेड परसेंट डेडीकेशन और अपने कमाडिंग ऑफिसर के लिए विश्वास, यही सबसे बड़ी ताकत है। right...?

सब : सर! *(सब सैल्यूट करते हैं।)*

मे. गायकवाड : Now relax your body and relax your minds. we may have still tougher times ahead...विश्राम।

(सभी लोग अपनी-अपनी जगह पर बैठ जाते हैं।)

ले. हसनेन : *(कै. कंग से)* सिगरेट...सॉरी...सॉरी...

कै. कंग : नो थैंक्स...।

सूबे. शरत : सर आप दारू पीते हैं। सिगरेट नहीं पीते?

कै. कंग : हाँ भाई हम लोग नहीं पीते।

सूबे. शरत : हम लोग मतलब सरदार।

कै. कंग : हाँ।

सूबे. शरत : सर आप सरदार हैं?

कै. कंग : तो अब तक क्या तुम मुझे इस पगड़ी में जापानी समझ रहे थे।

सूबे. शरत : नहीं सर जापानी तो चैंग होते हैं। आप तो कैंग हैं।

कै. कंग : कैंग नहीं कंग।

सूबे. शरत : अच्छा कंग, लेकिन सर मैंने सरदारों में भट्टी सुना, बेदी सुना, सिंह सुना पर कंग नहीं सुना।

कै. कंग : तूने नहीं सुना इसका मतलब कंग होते नहीं।

सूबे शरत : नहीं सर।

कै. कंग : तुम्हें बुरा लगता है। नाम चेंज कर दूँ मैं।

सूबे. शरत : नहीं सर। नाम तो बहुत अच्छा है किंग कौंग से इंसपायर हुआ लगता है। किंग-कौंग-कंग।

कै. कंग : किंग कौग कंग। इधर आ आज मैं तुझे बनाता हूँ। नंग-धड़ंग-मलंग।

सूबे. शरत : सर...।

कै. कृष्णन : जा जा डर मत।

कै. कंग : आ बैठ। मैं तुझे समझाता हूँ। पाकिस्तान में इस्लामाबाद के पास कंग नाम का एक गाँव है। पार्टिशन से पहले पूरे गाँव में सिर्फ कंग परिवार के ही लोग रहते थे।

सूबे शरत : पूरे गाँव में सिर्फ कंग ही कंग।

कै. कंग : हाँ! और आज़ादी के बाद पूरा कंग परिवार हिन्दुस्तान आ गया।

सूबे शरत : तो आज़ाद होकर सारे कंग हिन्दुस्तान आ गए।

कै. कंग : हाँ भाई

सूबे. शरत : अच्छा किए सर...।

कै. कंग : अब तो मेरा नाम याद रहेगा ना।

सूबे. शरत : हाँ सर...।

कै. कंग : क्या है।

सूबे. शरत : कैंग...।

कै. कंग : यार क्या करूँ इसका।

(बिजली चमकती है बारिश तेज़ होती है।)

मे. गायकवाड : राठी को बाहर इतनी देर तक बिठाए रखना ठीक नहीं। *(घड़ी देखकर)* कै. कंग...। मुझे लगता है अब आपको जाना चाहिए। राठी को Relive करके आप Position ले लीजिए।

कै. कंग : ...सर...।

(कैप्टन कंग बरसाती उठाता है कि अस्पष्ट सी Robin की आवाज

आती है। शरत ध्यान लगाकर सुनने की कोशिश करता है। अचानक चौंककर...)

सूबे. शरत : Sir..! Robin की आवाज...आपने सुनी सर...?

मे. गायकवाड : नहीं मैंने तो नहीं सुनी...। कै. कंग...। तुमने सुनी...?

कै. कंग : No Sir...!

(लेकिन सब चौकन्ने होकर एक-दूसरे को देखते हैं।)

कै. कृष्णन : कहीं ऐसा तो नहीं...कि बारिश की आवाज़ की वजह से...।

मे. गायकवाड : कैप्टन...। आप खुद बाहर चले जाइए।...Check कीजिए अगर कोई खतरे की बात है तो फौरन आकर बताइए वरना आप राठी Relive करके Position ले लीजिए।

कै. कंग : सर..! कोई आ रहा है।

(कै. कंग जैसे ही जाने को होता है बाहर से भागने की आहट सुनकर सभी Position ले लेते हैं। राठी भागता हुआ आता है। कै. कंग राठी को धक्का मारता है राठी गिरता है।)

हव. राठी : सर...सर...सर...सर...।

मे. गायकवाड : इतने बेवकूफ हो तुम...अभी हम तुम्हें गोली मार देते...।...क्या है? कौन है बाहर...?

हव. राठी : ठीक से समझ में नहीं आया सर! पर है कोई ज़रूर, ओह-मेरा पाँव।

मे. गायकवाड : Position...!

कै. कंग : Robin का Signal क्यों नहीं दिया?

हव. राठी : दिया था सर।

सूबे. शरत : मैंने कहा तो था...।

कै. कंग : कितने लोग होंगे?

हव. राठी : बारिश और झाड़ियों की वजह से साफ-साफ दिखाई नहीं दिया सर...। पहले मुझे लगा कि शायद कोई जानवर होगा...लेकिन फिर मुझे किसी का सिर दिखाई दिया।

कै. कृष्णन : किस तरफ़ से आ रहे हैं?

हव. राठी : इधर...उत्तर की तरफ से...।

ले. हसनेन : कितनी दूर होंगे...?

हव. राठी : लगभग 200 मीटर सर...।

मे. गायकवाड : तो तुम्हें पहले नहीं दिखाई दिया था।

हव. राठी : नहीं सर...।

कै. कंग : इसका मतलब अब सिर्फ 40-50 मीटर दूर...

ले. हसनेन : Shit...!

मे. गायकवाड : कै. कंग...। तुम इधर से जाकर देखो कि उस तरफ़ से कोई आ तो नहीं रहा?...और किसी भी हालत में गोली मत चलाना।

(कै. कंग बाहर जाता है।)

कै. कृष्णन : कोई आ रहा है। बाकी सब Position ले लो।

(सभी Position ले लेते हैं। बाहर खिड़की से असमिया लिवास पहने एक औरत का सिर दिखाई देता है। जिसका नाम मोरोमी है। वो धीरे से अन्दर झाँकती है। अन्दर कोई दिखाई नहीं देता...जब वो समझ जाती है कि यहाँ कोई नहीं है तो वो धीरे से मुख्य द्वार को खोलकर अन्दर आती है। उसके साथ उसकी बेटी है। उम्र क़रीब सात या आठ साल...जो अभी तक उसकी बरसाती में छुपी हुई है। मोरोमी अन्दर आती है और बरसाती उतारकर अपनी सोई हुई बेटी को धीरे से ज़मीन पर खड़ा करती है।...जैसे ही वो बच्ची को खड़ा करती है उसकी आँख खुल जाती है।)

मोरोमी : मातू यता बौ-बौ। पाँच दस मिनट बैठते है बेटा, फिर चलेंगे। ये लो पानी पी लो। बाप रे किया अंधार...काफी अन्धेरा हे यहाँ पे।

(अचानक कुछ आवाज़ होने की वजह से मोरोमी चौंककर इधर-उधर देखने लगती है, तब तक मातू भी उसके साथ आ जाती है। अचानक उनकी नज़र वायरलेस सेट पर पड़ती है जो कि स्टेज पर छूट जाती है दोनो माँ-बेटी डरते-डरते उसके पास आते हैं कि अचानक पीछे से झपटकर कै. कृष्णन, हव. राठी, और सूबे. शरत मोरोमी पर अटैक करते हैं। कै. कृष्णन बच्ची को छीन लेता है। सूबे शरत और कै. कृष्णन मोरोमी को ज़मीन पर गिरा देते हैं। हव. राठी मारोमी के मुँह पर कपड़ा बाँध देता है। दोनों हाथों को पीछे की तरफ़ बाँध देते हैं।)

मे. गायकवाड : चैक करो इसके पास कोई हथियार तो नहीं। सूबेदार शरत तुम इसका बैग चेक करो।

हव. राठी : सर इसके पास कोई हथियार नहीं है।

(सूबेदार शरत एक स्टील का डिब्बा निकलता है।)

मे. गायकवाड : बैग में क्या है?

शरत : सर कुछ कपड़े हैं, चादर है, दवाएँ हैं, एक बटुआ भी है। उसमें 130 रुपए हैं। सर एक आई कार्ड भी है। इसमें इसका नाम लिखा है मोरोमी मोहन्तो।

मे. गायकवाड : इस डिब्बे में क्या है?

हव. राठी : ठहरो...इसमें Grenade हो सकता है।
(सूबेदार शरत डरता है फिर...)

मे. गायकवाड : वी केयरफुल।

सूबे. शरत : नहीं सर ये कुछ चिपचिपा-सा है। मीठा हो सकता है।

मे. गायकवाड : खोलकर देखो।

सूबे. शरत : रोशोगुल्ला है सर।

मे. गायकवाड : बन्द कर दो।

कै. कृष्णन : सर...बच्ची को बुखार लगता है।

मे. गायकवाड : कितने लोग हैं तुम्हारे साथ...? *(मोरोमी छटपटाती है।)*

मे. गायकवाड : इसकी लड़की के सिर पर बन्दूक रखो *(मोरोमी से)*...अगर तुमने ज़रा-सी आवाज़ की...तो इस बच्ची की खोपड़ी उड़ा देंगे...। इसका मुँह खोल दो...।

मोरोमी : मातू-मातू मेरी बच्ची...छोड़ दो उसे...।

कै. कृष्णन : सूबेदार शरत...। थोड़ा पानी दीजिए।
(कै. कृष्णन पानी लेकर बच्ची को पानी पिलाते हैं और मोरोमी बच्ची के पास जाने की कोशिश करती है। शरत उसे रोक लेता है।)

मे. गायकवाड : अब बताओ...। तुम्हारे साथ कितने लोग हैं?

मोरोमी : मेरे साथ कोई नहीं...।

सूबे. शरत : तो यहाँ क्या कर रही थी अकेली...बारिश में घूमने निकली थी?

मोरोमी : मैं अपनी बच्ची को लेकर अस्पताल जा रही थी।

हव. राठी : कौन-सा अस्पताल?

मोरोमी : बोर पथार का सरकारी अस्पताल।

हव. राठी : तो यहाँ कैसे पहुँच गई? जंगल में क्या एम्बुलेंस लेनेवाली थी।

मोरोमी : छोटे रास्ते से आई लेकिन बारिश की वजह से नाला भर गया था, इसलिए दूसरा रास्ता पकड़ा और भटक गई।

सूबे. शरत : झूठ बोल रही है सर...ये।

मोरोमी : सच बोल रही हूँ मैं...।

मे. गायकवाड : बच्ची कब से बीमार है?

मोरोमी : एक हफ्ते से ऊपर हो गया...।

कै. कृष्णन : फिर आज ही क्यों निकली?

मोरोमी : क्योंकि कल रात से इसका बुखार बहुत तेज हो गया था।

कै. कृष्णन : सर...फीवर तो एकदम हाई लग रहा है।

मे. गायकवाड : चैक करो...कितना है।

(शरत थर्मामीटर निकालकर लगाता है।)

मे. गायकवाड : तुम्हारे गाँव में अल्फा के कैम्प हैं?

मोरोमी : नहीं पता...।

ले. हसनेन : सर इसे पता है। ये बता नहीं रही।

मे. गायकवाड : अल्फा के लड़के तुम्हारे गाँव में काम करते हैं?

मोरोमी : मुझे नहीं पता और पता भी होगा तो तुम लोगों को नहीं बताऊँगी।

ले. हसनेन : अच्छा...? क्यों नहीं बताएगी?

कै. कृष्णन : *(थर्मामीटर देखते हुए)*...। बुखार तो एक सौ तीन से ज्यादा है।

मे. गायकवाड : इसे एक क्रोसीन दे दो। *(शरत क्रोसीन देता है मोरोमी चिल्लाती है)*

मोरोमी : नहीं...नहीं उल्टा-सीधा कुछ मत देना।

ले. हसनेन : शट अप! ये दवा है जहर नहीं है।

(कै. कंग अन्दर आता है।)

कै. कंग : सर बाहर तो...

(औरत और उसकी बच्ची को देखकर हैरान होता है।)

मे. गायकवाड : यस कैप्टन।

कंग : आउट साइड ऑल क्लियर सर...।

मोरोमी : तुम लोगों का भरोसा नहीं है। तुम्हारे हाथ से तो पानी पीना भी पाप है।

मे. गायकवाड : बकवास मत करो। ठीक-ठीक बताओ तुम्हारे बाकी साथी कहाँ हैं?

मोरोमी : मेरा कोई साथी नहीं है।

हव. राठी : सर ये ऐसे नहीं बताएगी।

मोरोमी : कभी नहीं बताऊँगी।...तुम लोग सब के सब कसाई हो।

(शरत मोरोमी को थप्पड़ मारता है। मातू चिल्लाती है।)

हव. राठी : हम लोग कसाई हैं...अल्फा वाले तेरे यार हैं...?

(मे. गायकवाड कै. कंग और ले हसनेन को देखते हुए।)

मातू : छोड़ दो मेरी माँ को। मत मारो। मत मारो। मेरी माँ को।

मे. गायकवाड : (कै. कंग से) ये हैं वो Civilian...जिनकी तुम चिन्ता कर रहे थे। *(ले. हसनेन कै. कंग एक दूसरे को देखते हैं।)*

कै. कृष्णन : आज़ादी चाहते हैं...आज़ादी...।

मोरोमी : हाँ चाहते आज़ादी...Indian से आज़ादी चाहते हैं हम लोग...।

ले. हसनेन : हम लोग तुम लोगों को बचाने के लिए हज़ारों किलोमीटर दूर अपने घरों से जान हथेली पर रखकर निकलते हैं।

मोरोमी : तुम लोग हमारे लिए नहीं आते...तुम लोग सब आसाम को लूटने के लिए आते हो...।

कै. कंग : हम लोग लूटने के लिए आते हैं?

मोरोमी : हाँ...! तुम हिन्दुस्तानी हम लोगों को लूट-लूटकर खा गए।

कै. कंग : हम लोगों ने तुम्हारा क्या लूटा?

मोरोमी : क्या नहीं लूटा हमारे जंगल, हमारा कोयला और सबसे बड़ा हमारा पेट्रोल! जो लूटना चाहते हो और लूट रहे हो। हमारे साथ तो हमेशा जुल्म हुए हैं। आज से नहीं सैकड़ों वर्षों से अंग्रेजों के समय से। अंग्रेजों को बंगाल में ईस्ट इंडिया कम्पनी खोलने का मौका मिला और उनको खुश करने के लिए यहाँ पर बड़ी-बड़ी ज़मीन और ओहदे दे दिए। यहाँ तक की ऑफ़िशियल लैग्वेज बंगाली बना दी। आसाम में तो आसाम की भाषा भी नहीं रह गई।

शरत : ये क्या बकवास कर रही है।

मोरोमी : ये बकवास नहीं। सच बोलती हूँ मैं। तुम लोग आसाम में अपने मतलब के लिए आए हो। ये तो जग ज़ाहिर उसी तरह जैसे अमेरिका इराक में घुस गया उसका भी दावा था कि वो इराक में आतंकवाद को खत्म करने गया था। रासायनिक और जैविक हथियार ढूँढ़ने गया था। तो क्या हुआ मिल गए हथियार चला गया अमेरिका वापस। नहीं...नहीं... वहीं पर डटा हुआ है। ये तो पूरा विश्व जानता है कि अमेरिका इराक में पैट्रोल के लिए गया था और अमेरिका ये पूरी राजनीति इसलिए कर रहा है ताकि वो विश्व के पैट्रोल पर कब्जा कर सके।

हव. राठी : सर ये तो हंड्रेड परसेंट अल्फा की कार्यकर्ता है।...ये बातें तो मुझे भी नहीं पता...।

कै. कंग : सच बातें जानने के लिए अल्फा का होना ज़रूरी नहीं है।

हव. राठी : फिर क्या जरूरी है?

कै. कंग : सिर्फ एक इमानदार दिल और दुनिया में हर इंसान के लिए दिल में प्यार–जो शायद हम लोग भूलते जा रहे हैं।

मे. गायकवाड : हम लोग यहाँ पे World की Political situation और Third World Country का Economic Crisis Discuss करने नहीं बैठे हैं।

ले. हसनेन : World की Crisis क्या Discuss करना, इतनी दूर क्यों जाना, अपने यहाँ क्या कम Crisis है?

मे. गायकवाड : मेरे ख्याल से हम लोगों को अभी ये बातें नहीं करनी चाहिए।

मोरोमी : क्यों, क्यों नहीं करनी चाहिए। ठीक ही तो कह रहा है। वो जो वहाँ सरकारें चला रहे हैं। उन्हें किसी की परवाह है। देखा जाए तो उन्हें तुम्हारी भी परवाह नहीं। भूल गए कारगिल के समय कैसे शहीदों के कौफिंस तक का घोटाला हुआ था। जवानों के पास बर्फ में पहनने के लिए सही कपड़े और मोजे तक नहीं थे। इण्डिया में किसी को मालूम भी है कि नार्थ ईस्ट में कितनी स्टेट पड़तीं हैं। आसाम और मेघालय, शिलौंग और इम्फाल कहाँ है कौन किसकी राजधानी है? आज़ादी के बाद किसी गवर्मेंट ने इस तरफ ध्यान ही नहीं दिया। देखा भी नहीं है। इसलिए हमें हिन्दुस्तान से आज़ादी चाहिए।

मे. गायकवाड : हिन्दुस्तान से आज़ादी क्या तुम हिन्दुस्तानी नहीं हो...?

मोरोमी : कभी नहीं... मैं आसाम की हूँ।

कै. कंग : और आसाम कहाँ है। चाइना में है?

मोरोमी : आसाम...आसाम में है।...और सिर्फ़...आसाम में है।

हव. राठी : मैं तुम्हें बताता हूँ कि आसाम कहाँ है... *(राठी मोरोमी के बालों को पकड़कर)*

कै. कंग : राठी Leave Her... ।(राठी मोरोमी को धक्का मारता है, कंग उसे संभालने जाता है)

मोरोमी : खबरदार...तुम लोग सब...Rapist हो...।

सूबे. शरत : क्या...क्या कहा?

मोरोमी : क्यों, झूठ हैं...अखबार नहीं पढ़ते?...कितनी आसामी औरतों का Rape किया है...हिन्दुस्तानी पुलिस ने और फौज ने...। हरामजादे।

हव. राठी : तेरे घर में छपे थे अखबार...।

(शरत मोरोमी को मारता है मारोमी बेहोश हो जाती है।)

मातू : माँ...माँ...मार दिया मेरी माँ को...मेरी माँ को मार दिया...। माँ. आँखें खोलो..

मे. गायकवाड : ऐसे क्यों मारा उसे...? बेहोश हो गई...मुझे उससे सवाल पूछने थे...।

सूबे. शरत : Sorry sir...।

मातू : *(मातू चिल्लाती है।)* मेरी माँ मर गई! माँ...माँ...मेरी माँ मर गई। आँखें खोलो माँ।

(शरत चुपचाप एक तरफ खड़ा है कै. कृष्णन, कै. कंग, मे. गायकवाड, ले. हसनेन सभी लोग मोरोमी के पास उसे होश में लाने की कोशिश कर रहे हैं। मौका देखकर मातू पीछे से शरत के हाथ से मशीनगन छीन लेती है। और इन सबके ऊपर ताने हुए है।)

मातू : तुम लोगों ने मेरी माँ को मार डाला, अब मैं भी तुम लोगों को मारूँगी।

कै. कृष्णन : देखो बेटा...तुम्हारी माँ मरी नहीं है ज़िन्दा है।

मातू : नहीं झूठ बोल रहे हो...

ले. हसनेन : देखो अगर तुम हम लोगों को मार दोगी तो माँ को ठीक कौन करेगा। गन मुझे दे दो...

मातू : नहीं अब मैं गाँव जाऊँगी और सबको बताऊँगी कि तुम लोगों ने मेरी माँ को मार दिया है।

कै. कृष्णन : लेकिन तुम्हारी माँ मरी नहीं है देखो ज़िन्दा है।

मातू : सच कह रहे हो...? जिन्दा है मेरी माँ...

कै. कृष्णन : हाँ...हाँ आकर देख लो...।

(वो जैसे ही धीरे-धीरे माँ की तरफ बढ़ती है तब तक हसनेन कंग से एक-दूसरे को इशारे में कुछ समझाते हैं। हसनेन बच्ची के हाथ से गन छीनता है कंग बच्ची को गोद में उठा लेता है और एक पत्थर पर बिठाता है। सब गहरी साँस छोड़ते हैं।

कै. कृष्णन : *(गुस्से से शरत को थप्पड़ मारते हुए)* गन नहीं सँभाल सकता

भैनचोद...! *(मातू चिल्ला रही है। कृष्णन मातू को गुस्से से)* कुछ नहीं हुआ तुम्हारी माँ को...तुम्हारी माँ ठीक है।...अभी उठ जाएगी...। अभी गोली चल जाती तो...

कै. कंग : कृष्णन Relex यार... बच्ची है।

मे. गायकवाड : किसी के पास कुछ मीठा है।

सूबे. शरत : सर चॉकलेट है।

मे. गायकवाड : दो। (मातू से) लो चॉकलेट खाओ।

कै. कृष्णन : खा लो बहुत अच्छा है।

कै. कंग : बेटा बताओ तुम्हारे पिता क्या काम करते हैं?

मे. गायकवाड : बोलो बेटा! अच्छा पहले ये बताओ तुम्हारा नाम क्या है? *(मातू चुप रहती है।)*

कै. कृष्णन : तुम्हारी माँ को अच्छा कर दें...? *(मातू हाँ में सिर हिलाती है।)*

मे. गायकवाड : ओ.के. हम वादा करते हैं, तुम्हारी माँ को अच्छा कर देंगे।

कै. कृष्णन : तो पहले अपना नाम बताओ..।

मातू : ...मातू...।

मे. गायकवाड : मातू...बहुत अच्छा नाम है। कौन से गाँव से आई हो...? *(मातू पीछे की तरफ कुछ इशारा करती है)* ऐसे कैसे समझ आएगा बोलकर बताओ।

मातू : कासोमारी गाँव से...।

मे. गायकवाड : चेक इट।

हसनेन : यस सर यहाँ से 5-7 किलोमीटर to the north

कै. कंग : तुम्हारे पिता जी कहाँ हैं?

मातू : नहीं हैं।

कै. कंग : कहाँ गए...?

मातू : मर गए।

कै. कंग : क्या हुआ था? बीमार थे क्या?

मातू : मुझे याद नहीं। वो सोते-सोते मर गए थे।

मे गायकवाड : माँ क्या काम करती है?

मातू : पढ़ाती है स्कूल में...।

ले. हसनेन : कोई भाई-बहन है तुम्हारा..?

मातू : था...। भाई...।

ले. हसनेन : कहाँ है?

मातू : नदी में डूबकर मर गया। *(रोने लगती है)*

ले. हसनेन : तुम कब से बीमार हो?

मातू : पता नहीं।

ले. हसनेन : कौन सी कक्षा में पढ़ती हो?

मातू : तीसरी में। मेरी माँ को अच्छा कर दो। *(मोरोमी को धीरे-धीरे होश आता है।)*

मे. गायकवाड : देखो तुम्हारी माँ ठीक हो गई। *(मातू अपनी माँ के पास दौड़कर जाती है, मोरोमी से)* ...इन बच्चों को बचाने के लिए सरकार ने हमें भेजा है।

सूबे. शरत : ये क़साई तुम्हारी जान बचाने के लिए आए हैं।

मे. गायकवाड : बाहर Watch करने के लिए कोई नहीं बैठा है...कै. कृष्णन... आप बाहर जाकर चेक कीजिए। और फ़ौरन आकर हमें बताइए।

मातू : माँ...माँ...।

(मोरोमी चॉकलेट देखकर)

मोरोमी : ये क्या है?

सूबे. शरत : Cadbury है। Posion नहीं है।

मोरोमी : हमें नहीं चाहिए तुम्हारी भीख।

ले. हसनेन : ये भीख है, करोड़ों रुपया जो सरकार आसाम में भेजती है वो भी मत लिया करो।

मोरोमी : कौन सा करोड़ों रुपया। एक फूटी कौड़ी भी हमको नहीं मिलता। वो तुम्हारे सब भ्रष्ट सरकारी अफ़सर खा जाते हैं। आसामी लोग तो सदियों से वैसे के वैसे ही ग़रीब...बल्कि और भी ग़रीब होते जा रहे हैं।

(थोड़ी देर खामोशी कै. कंग घड़ी देखकर मे. गायकवाड से)

कै. कंग : सर...। साढ़े तीन बजने को आ रहे और अँधेरा होना भी शुरू हो गया...।

मोरोमी : सर मुझे जाने दीजिए सर...अँधेरा बढ़ जाएगा...मैं अस्पताल तक पहुँच नहीं पाऊँगी और बस भी छूट जाएगी।

मे. गायकवाड : Yes...! यहाँ से तो अब निकलना ही चाहिए...बारिश भी अब थोड़ी कम लग रही है।

(कै. कृष्णन आता है।)

कै. कृष्णन : बाहर सब ठीक है सर...।

मे. गायकवाड : गुड।

सूबे. शरत : सर...! इन दोनों का क्या करेंगे? मुझे तो अभी भी शक है सर कि ये अल्फा से मिली हुई है।

मोरोमी : न मैं अल्फा से मिली हूँ...और न मैं अल्फा से हूँ...लेकिन दिल से मैं...मैं ही क्या ज़्यादातर आसाम के लोग उनको सही समझते हैं। तुम जिन्हें आतंकवादी बोलते हो, उन्हें हम क्रान्तिकारी कहते हैं।...अगर दो पल के लिए भी तुम्हारे सीने में आसामीज़ दिल आ जाए और फिर जब तुम ये बातें सुनो कि आसाम की जनता पर क्या-क्या जुल्म हुए...। तो फिर तुम्हारा भी कलेजा फट जाएगा।...लेकिन तुम लोग तो...

मे. गायकवाड : हाँ...हाँ नहीं है हमारे आसामी दिल...सिर्फ...फौजी दिल है और वो दिल आसामी, पंजाबी, मद्रासी, हिन्दू, मुसलमान, क्रिश्चियन, सिख नहीं हो सकता...। वो सिर्फ़ हिन्दुस्तानी होता है...सिर्फ़ हिन्दुस्तानी... ।...वो हिन्दुस्तान के लिए जीता है। और हिन्दुस्तान के लिए मर जाता है।

मोरोमी : तुम अपने आदर्श अपने पास रखो और मुझे जाने दो...।

हव. राठी : किधर जाती है। बैठ इधर...।

सूबे. शरत : सर इसको बिल्कुल नहीं छोड़ना चाहिए। इसकी लड़की ने कहा है कि उसका पिता सोते-सोते मर गया और भाई के बारे में बोलती है कि वो नदी में डूब गया।

मोरोमी : झूठ नहीं कहा था उसने, कोई भी बहन अपने भाई के मरने के बारे में झूठ नहीं बोल सकती। एक दिन शहर से अपने पिता के लिए दवाएँ लेकर लौट रहा था, बारिश की वजह से पानी का बहाव तेज़ हो गया था, नदी पार करते समय पानी का करंट उसे बहा ले गया। बूबू *(रोती है।)* अरे तुम लोग क्या हमारी रक्षा करोगे, तुम्हें पता भी है कि हम लोग किस तरह अपनी ज़िन्दगी जीते हैं।

कै. कंग : ...और तुम्हारे पति...?

मोरोमी : सुनना चाहते हो...सुन सकोगे...? तुम्हारे आर्मी के जवान एक बार उसे शक़ की बुनियाद पर North Lakimpur उठाकर ले गए...कहते थे पूछताछ के लिए ले जा रहे हैं।...डेढ़ महीने तक

उसको वहाँ रखा। मैं हर हफ्ते मिलने जाती मगर वो कहते कि पूछताछ चल रही है। उसे इतना मारा-पीटा कि उसका शरीर बेकार हो गया था। एक तरह से अपाहिज हो गया था...दर्द से बचने के लिए उसने नशीली दवाइयाँ लेनी शुरू कर दी...वो नशीली दवाइयों के बिना एक पल भी नहीं रह पाता था। और एक दिन वो दवाएँ खाकर ऐसा सोया कि फिर कभी नहीं उठा...।

(सब लोग एक-दूसरे को देखते हैं। सिवाए राठी के सभी के चेहरों पर मोरोमी की बात का असर है।)

हव. राठी : सर...मुझे तो ये पूरी फिल्मी कहानी लग रही है।

मोरोमी : कहानी...भगवान करे तेरे घर में मर्द भी मेरे आदमी और बेटे जैसे मरे...। फिर मैं तुझसे पूछूँगी कि तेरी कहानी कैसी है।

(राठी आग बबूला होकर Gun Cock करता है और चिल्लाकर...)

हव. राठी : क्या बोली कुतिया...। ज़बान खींच लूँगा तेरी...।

मोरोमी : अरे जा...।...तू क्या ज़बान खींचेगा मेरी...।...वर्दी की ताक़त पे उछलते हो साले तुम लोग।

कै. कंग : ए...!

मोरोमी : ए क्या। तेरे दिल में, तेरे सीने में कोई सच्चाई है?...अभी जब मैं बेहोश हो गई थी तब तू किस तरह से मेरे बदन को टटोल रहा था।

हव. राठी : क्या बकवास कर रही है।

मोरोमी : मुझे होश था। लेकिन अपनी बच्ची की जान का डर और अपनी शर्म की वजह से मैं कुछ नहीं बोली...।

कै. कंग : *(एकदम से राठी की तरफ़ बढ़ते हुए)* तूने ऐसा किया...? ऐसा किया तूने?

हव. राठी : ख़बरदार...। आप मुझे हाथ नहीं लगा सकते।

कै. कंग : मैं तुझे हाथ नहीं लगा सकता। तुझ जैसे छिछोरों की वजह से पूरी फोर्स बदनाम होती है। आय किल यू बास्टर्ड

हव. राठी : बहुत हो गया सर अब बर्दाश्त नहीं कर सकता। उस कुतिया की वजह से... *(कै. कंग और हव. राठी की आपस में गुथ्थम-गुथ्थी होती है। शरत दोनों को छुड़ाने की कोशिश करता है।)*

मे. गायकवाड : Shut up राठी...।...कै. कंग छोड़ दो उसे...। मैंने कहा छोड़ दो उसे...राठी मैं तुम्हारी इस हरकत को Complaint Higher

Authority से करूँगा।

हव. राठी : झूठ बोल रही है सर ये...।

मे. गायकवाड : and Ill see to it की तुम्हारा Court martial होगा।

हव. राठी : हरामज़ादी तुझे तो मैं देख लूँगा...जान से मार दूँगा।

मे. गायकवाड : Hands up...शरत Take away his gun...down on your kness...

(शरत राठी के हाथ से गन ले लेता है। अचानक Wireless पर आवाज़ आती है।

आवाज़ : Cub two speaking...cub two speaking. are you getting me...over.

कै. कृष्णन : Yes I am getting you yes I am getting you cub one...identify your location-identify your location...over.

आवाज़ : Black hole black hole...सूरज 42...over.

आवाज़ : Cub one- identify your location-cub one-identify your loacation...over.

कै. कृष्णन : Strong हरियाली Cross-table tops-small baby left ममता फिफ्टीन Over।

आवाज़ : Understood the location cub one...would reach shortly...over and all.

मे. गायकवाड : कै. कृष्णन...। Very Good News for you...आपका Brothers safe. है।

कै. कृष्णन : हो सकता है सर...मगर पक्का नहीं कह सकता।

मे. गायकवाड : ऐसा क्यों बोलना...Positive सोचना चाहिए।

कै. कृष्णन : Sir...!

सूबे. शरत : इनका क्या Dicide किया सर...।

(अचानक मातू को दौरे शुरू हो जाते हैं।)

कै. कृष्णन : सर...इसकी हालत तो काफी खराब हो रही है।

मोरोमी : मेरी बच्ची मर जाएगी। नहीं बचेगी...एक ही सहारा था मेरे जीने का...वो भी तुम लोगों की वजह से छिन जाएगी। आखिर तुम लोग मुझे जाने क्यों नहीं देते?

सूबे. शरत : सर...मैं तो कहता हूँ। इन दोनों को यहाँ से निकाल जाने देना

हमारे लिए ख़तरे से खाली नहीं। इनको तो...इनको तो...

कै. कृष्णन : पागल हो गया है क्या? क्या कहना चाह रहा है तू...।

सूबे. शरत : इनकी Identity का अभी तक कुछ भी Definite पता नहीं चला है। ये हम से अलग होने के बाद किसी भी छोटे रास्ते से जाकर हमारे बारे में अल्फा के टेररिस्टों को बता सकती हैं और साथ लेकर जाएगे तो...

ले. हसनेन : Let me think....

कै. कंग : Sir... इसमें सोचना क्या है...? we have no proof...। हमारे पास कोई सबूत नहीं कि वो अल्फा की कार्यकर्ता है। हम लोग Soldier है या Murderers...?

मोरोमी : *(रोती है)* मातू-मातू क्या हुआ मेरी बेटी को...

कै. कृष्णन : बच्ची तो Faint हो गई सर...।

ले. हसनेन : I think she is sinking sir....

(मोरोमी चिल्लाती है।)

मोरोमी : मेरी बच्ची...मेरी बच्ची।

(कै. कृष्णन और ले. हसनेन बच्ची के हाथ पाँव मलते हैं। राठी मोरोमी को घूर रहा है। मे. गायकवाड ले. हसनेन से...)

मे. गायकवाड : मुझे Map दिखाइए...।

(Map *बिछाते हैं, हसनेन मे. गायकवाड* Map *देखते हैं। मे. गायकवाड कै. कंग से...)*

मे. गायकवाड : कै. कंग आप बाहर देखिए, शायद इसी तरफ से जाना ज्यादा ठीक रहेगा। ले. हसनेन कम हियर।

राठी : सर मुझे माफ कर दीजिए। मैं पागलपन में वो ग़लती कर बैठा मुझे अपनी ग़लती सुधारने का मौक़ा दीजिए।

मे. गायकवाड : कम्पलेंन तो मैं करूँगा ही बाकी बेस के ऑफीसर्स डिसाइड करेंगे।

सूबे. शरत : सर इसको एक चांस दे दीजिए सर।

मे. गायकवाड : कहा न बेस पर जाकर बात करेंगे। *(शरत से)* सूबेदार शरत आप इस तरफ से जाइए और बाहर चेक कीजिए फिर हम लोग यहाँ से निकलेंगे। मोरोमी और बच्ची को हम साथ लेकर जाएँगे।

सूबे. शरत : लेकिन सर...

मे. गायकवाड : No more discussion on this...always remember...दुश्मनों से लड़ना ही सिर्फ़ आर्मी का काम नहीं होता। औरतों और बच्चों

की हिफ़ाजत करना भी आर्मी का काम होता है। देशवासियों की रक्षा करना भी आर्मी का कर्तव्य है। आप बाहर जाइए और चेक करके रिपोर्ट कीजिए। and then we will leave.

सूबे. शरत : सर...*(बाहर जाता है, मोरोमी रोती है)*

गायकवाड : नहीं मोरोमी हम तुम्हारी बच्ची को कुछ नहीं होने देंगे। हसनेन जरा देखो यहाँ आसपास ऐसी कौन-सी जगह है जहाँ हैलीकाप्टर लैण्ड हो सकता है।

ले. हसनेन : याद आया सर। जब हम लोग यहाँ आ रहे थे। तब यहाँ इस पहाड़ी पर एक बड़ा-सा फ्लैट सरफेस दिखा था, पर वहाँ भी हैलीकाप्टर लैण्ड तो नहीं, हाँ, हॉवर हो सकता है।

(गायकवाड और हसनेन Map देखने में व्यस्त हैं। इसी दौरान राठी मौका देखकर मोरोमी पर झपटकर मातू को छीन लेता है और उसके गले पर छुरा रखकर उसे मारने की धमकी देता है।)

मोरोमी : सर मेरी बच्ची...मेरी बच्ची...

मे. गायकवाड : पागल मत बनो राठी... किसी भी हालत में तुम बच नहीं सकते।

हव. राठी : मैं नहीं बचूँगा सर...तो तुम लोग भी नहीं बचोगे। *(मोरोमी के बाल खींचता है।)* कुतिया...तू निकल जाए और मैं बरबाद हो जाऊँ। मेजर साहब आप अपनी रिवाल्वर मुझे दे दीजिए। दीजिए रिवाल्वर नहीं तो उड़ाता हूँ इसकी गर्दन। *(गायकवाड अपनी रिवाल्वर दे देता है।)* अपने-अपने हथियार नीचे रखो सब। *(सब लोग अपने-अपने हथियार नीचे रख देते हैं। मोरोमी चिल्लाती है।)*

गायकवाड : घबराओ नहीं मोरोमी तुम्हारी बच्ची को कुछ नहीं होगा।

राठी : हाँ ये भगवान हैं न? ये बता रहा है कुछ नहीं होगा।

मे. गायकवाड : राठी बच्ची को छोड़ दो जो कुछ हुआ इसमें इन दोनों की कोई ग़लती नहीं है।

राठी : इसकी ग़लती नहीं। यही तो फ़साद की जड़ है।

कै. कृष्णन : राठी मैड हो गया है क्या?

ले. हसनेन : सर तो तुमको ऐसे ही कह रहे थे। कोर्ट मार्शल थोड़े ही करेंगे तुम्हारा?

राठी : कोर्ट मार्शल तो तब करेंगे जब यहाँ से ज़िन्दा जाएँगे। *(कंग आता है।)*

कैप्टन कंग बने आर्य बब्बर और हवलदार राठी बने वीरेन्द्र गिरी नाटक के एक दृश्य में आपस में उलझते हुए

ओड्री देवान और कांची सिंह

कै. कंग : सर ये कैसी आवाज़।

हव. राठी : आ गया! चला गोली, चला गोली मैं भी चलाता हूँ इधर से। आज या तो मैं रहूँगा या तुम लोग। गन नीचे रख, नीचे रख।

मोरोमी : दादा नीचे रख दो गन...।

हव. राठी : बड़ी हमदर्दी थी न तुझे इससे जैसे कि तू इसका भाई है? Down on your knees घुटने पर बैठ...।

मोरोमी : बैठ जाओ दादा...।

हव. राठी : दो साल हो गए सालों ने छुट्टी नहीं दी। ना बहिन की शादी में जा पाया। ना माँ के बीमार होने पे। और पोस्टिंग भी ऐसी जगह पर करते हैं जहाँ हर वक्त टेंशन किसी भी क्षण गोली लग सकती है। ना रात को नींद ना दिन को चैन। पहले कश्मीर में और अब आसाम में लाकर फेंक दिया। बड़ी मुश्किल से ब्रिगेड ने छुट्टी सेनशन की तो हेड क्वार्टर ने यहाँ तुम लोगों के साथ पटक दिया। यहाँ भी तुम लोगों की बकवास सुनो, झिड़कियाँ सुनो, अब घर जाऊँगा तो माथे पर कलंक लगाकर नहीं जाऊँगा कि कोर्ट मार्शल हो गया। तुम लोगों को तो मैं नहीं छोड़ूँगा और इस हरामज़ादी को तो मैं...।

कै. कंग : बात तू ठीक कह रहा है। कोई मार्शल से कलंक तो लगेगा। तेरा मर जाना ही ठीक है। मरना है तो शान से मर, दुश्मनों से लड़कर मर।

राठी : अरे चल अपना भाषण अपने पास रख। सबसे पहले तो तुझे ही मारता हूँ।

मे. गायकवाड : ख़बरदार राठी।

हव. राठी : क्यों तन्ने मारूँ?

कै. कंग : सर की तरफ निशाना किया तो तेरी आँखें निकाल दूँगा।

राठी : अच्छा मेरी आँखें निकालेगा आ मैं खड़ा हूँ। निकाल मेरी आँखें निकाल...। अब मैं तुम लोगों की बकवास नहीं सुनूँगा। अभी मैं तुम सबको एक-एक करके मारूँगा। कोई बताने वाला नहीं बचेगा कि क्या हुआ था।

मे. गायकवाड : ये तुम्हारी ग़लतफ़हमी है राठी की किसी को कुछ पता नहीं चलेगा। *(इसी दौरान शरत पीछे की तरफ से आता है, राठी उसे देख नहीं पाता शरत राठी को पीछे से पकड़ लेता है कै. कंग राठी पर*

झपटकर गन छीनने की कोशिश करता है। तीनों में गुथ्थम-गुथ्थी होती है।)

हव. राठी : छोड़ शरत...छोड़...छोड़ मुझे...।

सूबे. शरत : राठी तू अभी भी बच सकता है गन छोड़ दे। Surerender कर दे Court Martial नहीं होगा।

(कै. कृष्णन मोरोमी और मातू को एक तरफ करता है, मेजर गायकवाड और ले. हसनेन राठी के ऊपर गन Point किए हुए हैं। लेकिन गुथ्थम गुथ्थी की वजह से फायर नहीं कर पाते, गोली चलती है शरत ज़मीन पर गिरता है ऐसा लगता है कि जैसे शरत को गोली लगी हो। शरत पलटकर देखता है राठी लड़खड़ाता हुआ ज़मीन पर गिर जाता है।

ले. हसनेन : शरत...शरत...शरत।

सूबे. शरत : सर राठी...! *(कै. कंग* shocked)

हव. राठी : नहीं सर...। आपकी गलती नहीं है। मुझे तो मरना ही था। ...Court Martial से तो बेहतर है। *(मे. गायकवाड)*...Sorry sir... बस ये कहूँगा कि मैं थोड़ा पागल ज़रूर था पर इतना बुरा नहीं।...Please sir...मेरी Family को ये बात पता ना चले Please sir जय हिन्द सर...। *(मर जाता है।)*

कै. कंग : ओ सच्चे बादशाह...मेरे हाथों से ये क्या करवा दिया...। *(शरत रोता है।)* मेरा गुण-अवगुण ना विचार, बख्श दे बख्शन हार, कृपाकर दीन के दाते, नानक पार उतार।

सूबे. शरत : ये मेरा यार था...।

(सभी अपना कैप उतारते हैं, मे. गायकवाड राठी की अधखुली आँखें बन्द करते हैं।)

मे. गायकवाड : राठी की Death कैसे हुई इस बारे में कोई कुछ नहीं कहेगा। ...वो जैसा भी था हमारा हिस्सा था। तुम लोगों की तरह वो भी मेरा बच्चा ही था।...मैं चाहता हूँ कि तुम लोग मुझे ज़बान दो कि तुम इस हादसे को राज़ ही रखोगे। *(मोरोमी से)* मोरोमी क्या मैं तुमसे भी ये आशा करता हूँ कि तुम इस बात पे हमारा साथ दोगी।

मोरोमी : जी!

कै. कंग : सर ये मैंने क्या कर दिया। ये मुझसे क्या हो गया। सर मैं उसे

मारना नहीं था...सर।

मे. गायकवाड : नहीं कंग इसमें तुम्हारी गलती नहीं...मैं जानता हूँ। It was just an accident.

मे. गायकवाड : अब हमें हव. राठी की वैरियल के बारे सोचना चाहिए।

कै. कृष्णन : सर यहाँ क्या किया जा सकता है।

मे. गायकवाड : लेकिन उसकी Body को यहाँ छोड़कर जाया भी तो नहीं जा सकता।

मोरोमी : मुझे जाने दो मेरी बच्ची काफी देर से बेहोश है। इसका बदन ठण्डा पड़ने लगा है।

(तभी Wireless पर आवाज़ आती है।)

आवाज़ : We will soon touch...randebu point two...explain to escape...over.

कै. कृष्णन : Cub one speaking-cub one speaking...we need air hekp urgently...location sme...could also reach...randebu point...to reveal possibility of both...over.

आवाज़ : Cu two speaking-cub two speaking...contacting for air help...randebu two is also possible...over and all.

मे. गायकवाड : अगर ये मदद आ गई तो हम राठी की body भी ले जाएँगे। मोरोमी तुम उसी Helicopter में हमारे साथ आ सकती हो hardly 20 minutes में हम base पे पहुँच जाएँगे, वहाँ Militery के Hospital में तुम अपनी बच्ची को दिखा सकती हो।

(कै. कंग अभी तक ज़मीन पर बैठा है, मे. गायकवाड कै. कंग से)

मे. गायकवाड : कै. कंग...।

कै. कंग : सॉरी राठी *(राठी की लाश के पास बैठकर रोता है।)*

मे. गायकवाड : कै. कंग सँभालो अपने आपको...। कै. कंग On your feet.

कै. कंग : सर...चलिए।

मे. गायकवाड : सब सामान उठाइए और जहाँ पर Chauper उतरने वाला है वहाँ पर खड़े हो जाते हैं ताकि उतना समय हम बचा सकें। अगर आधे घण्टे में Helpicopter नहीं आया तो फिर इतना अँधेरा हो जाएगा कि हम जा ही नहीं सकेंगे।

(तभी वायरलेस पे आवाज़ आती है।)

आवाज़ : Indian Dogs...तुमको बुचर करने के लिए हम आ रहा है। हमको मालूम हो गया है तुम तुम किधर है। तुम समझा कि तुम बच गया?...उड़ने से पहले एक-एक को मारेगा। तुम सोचता है कि हम तुमको चोपर पर चढ़ने देगा। तुम साला Bastard अपने God और भगवान को याद कर लो...।

कै. कृष्णन : सर...लगता है वो लोग बहुत जल्दी यहाँ पहुँचने वाले हैं।

ले. हसनेन : सर..Massage फिर से भेजने की कोशिश कीजिए कि हम लोगों को दुश्मनों ने घेर लिया है।

मे. गायकवाड : Yes Try...

कै. कृष्णन : Sir...hello cub one speaking-cub one speaking...are you there...are you there...over.

आवाज़ : Cub two speaking...cub two speaking...yes I am geting you... speak up over.

कै. कृष्णन : Cub one speaking...cub one speaking...we are surrounded by enemy...urgently need help... imddiate.

आवाज़ : Cub one got your message...cub one...cub one...hold on...airlift will reach soon...will reach soon all the best over and out.

मोरोमी : अब क्या होगा?

मे. गायकवाड : अगर तुम जाना चाहती हो तो जा सकती हो। तुम्हें अल्फा वाले जल्दी मिल जाएँगे। और तुम्हारी मदद करके शायद तुम्हें अस्पताल भी पहुँचा देंगे। यहाँ रहोगी और कहीं Airlift से पहले अल्फा वाले आ गए तो हमारे साथ तुम मारी जाओगी। उनको लगेगा कि तुम कोई Informer हो...और वो तुम्हें भी मार डालेंगे।

मोरोमी : *(मातू होश में आती है।)* नहीं सर अब मैं नहीं जाऊँगी।

मे. गायकवाड : Sentimental बातें करने की कोई ज़रूरत नहीं है।

नोरोमी : Sentimental बातें नहीं सर। मैं प्रक्टिकली देख लिया है मैंने जो बरसों में नहीं देखा वो आज कुछ घण्टों में देख लिया।

मे. गायकवाड : अच्छा लगा तुम्हारे मुँह से ये बात सुनकर। मोरोमी अभी भी सोच लो। तुम्हें जाना है?

मोरोमी : नो सर! मैं आप लोगों के साथ जाऊँगी।

मे. गायकवाड : गुड! कै. कंग तुम इधर से जाओ और शरत तुम उधर से जाओ।

और किसी ऊँची जगह पर जाकर देखो कि दुश्मन आ रहा है तो कितनी दूर है और तुरन्त आकर रिपोर्ट करो।

दोनों : सर!

मे. गायकवाड : ले. हसनेन लेट्स बी रेडी टु मूव कै. कृष्णन मातू को देखिए उसकी तबियत पहले से कुछ बेहतर है। और अपना ब्लैकिंट उसे ओढ़ा दीजिए। चौपर में हवा तेज लगेगी।

कै. कंग : इधर से तो कोई नज़र नहीं आ रहा सर।

मे. गायकवाड : हसनेन तुम्हें क्या लगता है कोई तरीक़ा है क्या राठी की बॉडी को चौपर तक ले जाने के लिए?

ले. हसनेन : सर...विथ ऑल डियू रिसपेक्ट टु राठी। अब हालात ऐसे हो गए हैं कि राठी की बॉडी को चौपर तक ले जाना मुश्किल है। वैसे चौपर की लैडर पर बॉडी लेकर चढ़ना भी इम्पोसिबल है।

कै. कृष्णन : सर चौपर की आवाज़ आ रही है।

मे. गायकवाड : गुड! *(बाहर से गोली चलने की आवाज़ आती है कंग चौंककर)*

कै. कंग : सर शरत।

मे. गायकवाड : ओह माई गॉड! कृष्णन आप मोरोमी और मातू को लेकर बढ़िए क्योंकि इन दोनों को चौपर की लैडर पर चढ़ने में टाइम लगेगा। मूव। *(शरत अन्दर आता है।)*

सूबे. शरत : सर हमारे दुश्मन इधर से आ रहे हैं। और 150-200 की तादाद में है।

मे. गायकवाड : शरत क्या हुआ...?

सूबे. शरत : कुछ नहीं सर...कुछ नहीं।

ले. हसनेन : वो लोग कितनी दूर होंगे?

सूबे. शरत : कोई एक डेढ़ फर्लांग होगे सर।

मे. गायकवाड : कम ऑन!

ले. हसनेन : सर मेरा लैडर पर चढ़ पाना बहुत मुश्किल है। आप सभी लोगों को लेकर निकलिए मैं यहाँ मोर्चा सँभालता हूँ।

मे. गायकवाड : डोण्ट बी सिली हसनेन दुश्मन तादाद में बहुत ज्यादा है। अकेले मोर्चे पर टिक पाना बहुत मुश्किल है। अगर दुश्मन क्रास करके चौपर की तरफ पहुँच गया तो हम सब मारे जाएँगे।

कै. कृष्णन : सर हसनेन की हेल्प के लिए मैं भी रुकता हूँ। आप निकलिए।

कै. कंग : मोर्चा मैं सँभालता हूँ। क़सम वाहे गुरु की एक भी बन्दे को

चौपर के पास नहीं आने दूँगा।

सूबे. शरत : कंग सर मैं भी आपके साथ हूँ।

कै. कंग : सर मैं यहाँ अकेला काफी हूँ।
सवा लाख से एक लड़ावाँ।
तद मैं खालसा पूत कहलावाँ।

मे. गायकवाड : ओफो! आप लोग समझ क्यों नहीं रहे हैं दुश्मन बहुत चालाक है। दुश्मन अपने को डिवाइड करके तीन तरफ़ से आ सकता है। और हमें चौपर पे चढ़ने से रोक सकता है। तीनों मोर्चे तुम अकेले कैसे सँभाल सकोगे? कै. कृष्णन आप क्यों खड़े हैं? मोरोमी को लेकर निकलिए हसनेन यू ऑल्सो गो।

ले. हसनेन : नो सर! मैं आप लोगों को यहाँ इस तरह छोड़कर नहीं जा सकता।

मे. गायकवाड : ये मेरा आर्डर है।

ले. हसनेन : ओके सर! लेकिन...।

मे. गायकवाड : लेकिन-वेकिन कुछ नहीं गो। कृष्णन दर मत करो जाओ। पहले मोरोमी और मातू को चढ़ाना, उसके बाद हसनेन। बाद में आप लैडर पकड़ियेगा।

कै. कृष्णन : सर आप लोग भी...किसी तरह ट्राई तो कीजिएगा...चौपर की तरफ...

कै. कंग : करेंगे...करेंगे। But right now you all move.

मोरोमी : नमस्ते।

कै. कंग : नमस्ते।

ले. हसनेन : सर आप मुझे भेज रहे हैं। ये इंसाफ की बात नहीं है।

मे. गायकवाड : हसनेन माई सन हम फिर मिलेंगे

ले. हसनेन : इंशा अल्लाह...

दोनो : जय हिन्द सर।

मे. गायकवाड : जय हिन्द माई ब्वाइज़
(वो लोग जाते हैं। गोलियों की आवाज़ें बढ़ती हैं।
(कम ऑन टेक पोशीजन)

सूबे. शरत : कैग सर...किंग कौंग बनने का वक्त आ गया।

कै. कंग : ओय जाते-जाते तो मेरा नाम ठीक से बोल दे।

सूबे. शरत : ठीक है कंग सर...

मे. गायकवाड : शरत...एक भी दुश्मन चौपर तक नहीं पहुँचने पाए।

सूबे शरत : नहीं पहुँच पाएगा सर...

कै. कंग : तुम ठीक हो न शरत?

सूबे. शरत : मैं ठीक हूँ सर।

(शरत अपना घाव छुपाते हुए चट्टान का सहारा लेता है। ये लोग अलग-अलग जगहों पर पोजीशन लेते हैं। गोलियों की आवाज़ें तेज़ होती और गड़गड़ाहट भी।

मे. गायकवाड : कंग...कोई दुश्मन नज़र आया...।

कै. कंग : नहीं सर लगता है सालों की फट गई।...

मे. गायकवाड : शरत वो लोग चौपर पर चढ़ गए?

(शरत खामोश)

मे. गायकवाड : शरत...!

कै. कंग : शरत...!

(गायकवाड शरत के पास आकर)

मे. गायकवाड : ओह माई गॉड इसे तो गोली लगी थी। ये इतना सीरियसली इन्जर्ड था और इसने हमें बताया नहीं? ये मेरा सबसे भोला-भाला सिपाही था।

कै. कंग : लेकिन इसने ड्यूटी पूरी की है सर, चौपर उड़ गया है सर...

(चौपर की आवाज़ लाउड होकर कम होती है। दोनों अपनी-अपनी कैप उतारते हैं। गोलियों की आवाज़ें बढ़ती है।)

कै. कंग : पोजीशन ले लें सर...।

(मे. गायकवाड—डाउनस्टेज की तरफ आकर धीमी आवाज़ में बोलते हैं।)

मे. गायकवाड : गुड बॉय रेशमा, गुड बॉय अनी-विनी...

(कंग उनके पास आकर)

कै. कंग : ऐसा क्यों कहते हैं सर...इस सरदार के जीते जी तो आपको कुछ नहीं होगा।...

(मे. भावविभोर होकर उसे गले लगाता है कंग उनके पाँव छूता है।)

मे. गायकवाड : I am proud of you my son...

(फिर दोनों हाथ मिलाते हैं।)

दोनों : *हम सब साथ दुश्मन को मात, जय भवानी, सर्वदा शक्तिशाली, जो बोले सो निहाल सतश्रियकाल...(दोनों अलग-अलग विंग्स की तरफ रॉयफल ताने पोजीशन ले लेते हैं। और फायरिंग करना*

शुरू करते हैं। गोलियों की आवाज़ तेज़ होती है दोनों फायर करते-करते एक-एक क़दम पीछे हटते हैं डाउनस्टेज सेंटर में आने लगते हैं, कंग को तीन बार गोली लग जाती है। मेजर भी घायल हो जाते हैं। दोनों की पीठ मिल जाती है। कैंग समझ जाता है कि अब वो मरने वाला है। धीरे से कहता है)

कै. कंग : I am sorry...sir.

मे. गायकवाड : *(जो खुद भी घायल हो चुके हैं)* No kang no...

(धीरे-धीरे दोनों एक-दूसरे की पीठ का सहारा लेकर नीचे गिर जाते हैं और कुछ ही क्षणों में शहीद हो जाते हैं। गोलियों और बारूदों की आवाज़ तेज़ होती है। फिर फेड आउट। प्रकाश आने पर हम देखते हैं कि दृश्य बदल चुका है जंगल का दृश्य हट चुका है। वहाँ एक बन्दूक पर टंगी हुई हेलमेट है। उसके नीचे एक पत्थर पर लिखा हुआ है। 'शहीद पहाड़ी' मोरोमी और मातू वहाँ पर श्रद्धांजलि अर्पित करने आते हैं। मातू NCC के वर्दी पहने हुए हैं। इस दौरान फेड आउट होने के साथ ही एक Commentry चलती रहती है जो मोरोमी और मातू के श्रद्धाजंलि देने के साथ-साथ चलती रहती है। मोरोमी और मातू वहाँ पर फूल चढ़ाते हैं। और तीन दिए जलाती हैं। जो Commentry बजती है वो इस प्रकार है।

Operation clondburst में जो लोग शहीद हुए उनमें से मेजर मनीष गायकवाड, कैप्टन सतीन्दर कंग, सूबेदार शरत मुखोपाध्याय को भारत सरकार ने मरणोपरान्त वीर चक्र प्रदान किया। क्योंकि इन्होंने अपनी जान न्योछावर करके—कै. सूर्य प्रकाश कृष्णन. ले. अता हसनेन, एक आसामी महिला और उसकी बच्ची की जान बचाई।

भारतीय सेना इन तीनों के परिवारों की हमेशा आभारी रहेगी। जिस जगह पर इन तीनों ने अपने प्राण त्यागे थे भारतीय सेना ने उस जगह का नाम शहीद पहाड़ी रख दिया है। पर ऐसे ही न जाने कितने मिशंस में हजारों सेना के जवान शहीद हुए हैं। और आज भी हो रहे हैं।

समाप्त

●●●